U0527224

枯山水的波纹

王祥夫 著

天津出版传媒集团

百花文艺出版社

图书在版编目（CIP）数据

枯山水的波纹 / 王祥夫著. -- 天津：百花文艺出版社, 2025.1. -- ISBN 978-7-5306-8969-1

Ⅰ.I267

中国国家版本馆 CIP 数据核字第 202456N5K1 号

枯山水的波纹
KUSHANSHUI DE BOWEN

王祥夫 著

出 版 人：薛印胜
责任编辑：王　燕　徐　姗
装帧设计：彭　泽
出版发行：百花文艺出版社
地址：天津市和平区西康路 35 号　邮编：300051
电话传真：+86-22-23332651（发行部）
　　　　　+86-22-23332656（总编室）
　　　　　+86-22-23332478（邮购部）
网址：http://www.baihuawenyi.com
印刷：天津新华印务有限公司
开本：880 毫米×1230 毫米　1/32
字数：136 千字
印张：7.875
版次：2025 年 1 月第 1 版
印次：2025 年 1 月第 1 次印刷
定价：68.00 元

如有印装质量问题，请与天津新华印务有限公司联系调换
地址：天津东丽开发区五经路 23 号
电话：(022)58160306　邮编：300300

版权所有　　侵权必究

自序

王祥夫

《枯山水的波纹》这本集子让我再一次想到我那年轻的父亲，他去世的时候四十九岁，但看样子更像是三十多岁。我的父亲喜欢钓鱼、打猎、滑冰、读书，他那双牛皮色花样冰刀鞋后来我用了很长时间。我的父亲还喜欢做菜，很简单的海蜇皮拌白菜丝，别人做出来就不是那个味道。他喜欢喝酒，我也喜欢喝酒，但我没他喝得好。他喜欢做下酒小菜，我也喜欢做小菜。我以为，写随笔这样的文字亦是做小菜。所以，写随笔的时候，我总是自己先心生喜欢起来。总之，随笔与小说确实是不一样，我们生活中的所有事都可以写到随笔里，却未必可以写到小说里。好的文学作品可以使人精神向上，或者是可以辅助国政为人民服务。

随笔的历史，在中国文学史上是源远流长的，起码要比小说的历史长一些，当然又没有诗歌来得久远。向来被看作是小说的《世说新语》，我却认为它是最好的随笔，那种从容和轻松幽默和智慧是我们仿不来的。那种见性情而又有趣的文字令人读之如含英咀华，把它当做小说来读，是不是降低了它的水准？这么说好像是在说随笔要比小说更高级一些,我却没有这个意思。

我个人以为,小说家多写写随笔是件好事,以随笔滋养小说,小说会更润泽更好看一些,如鲁迅和周作人先生;如沈从文和废名先生;如林语堂和梁实秋先生;如孙犁和汪曾祺先生。当作家的人,真是与大厨有些相近,是既要能操持满汉全席,又要会做小菜,除了大菜之外,还能给人们提供些零食。

是为序。

目 录

虫子们 / 001

咸鱼帖 / 004

冬笋帖 / 006

布尔班克 / 009

老油条 / 013

新妇帖 / 016

茴子白帖 / 018

螽斯 / 021

荞麦帖 / 023

茶二记 / 025

素食在上 / 027

冬日晚餐 / 030

关于热炕 / 032

除夕记 / 035

压岁 / 039

金锞子帖 / 042

画扇小记 / 045

说榆 / 047

说佛手 / 050

腊猪脸帖 / 053

豆面 / 056

说香椿 / 059

寻常粥话 / 062

大雪帖 / 065

春之色 / 068

夏日冰 / 070

日常帖 / 073

松竹梅 / 076

说元宵 / 079

宁武蘑菇帖 / 082

说莼菜 / 085

两种木瓜 / 088

大觉寺的玉兰 / 091

百菜不如白菜 / 093

干菜的滋味 / 096

炉边吃烧饼 / 099

黄瓜酱油 / 102

羊杂割与羊肚汤 / 105

茄鲞 / 108

春饼 / 111

芫荽鱼 / 114

长衫 / 116

初五记 / 119

穿鞋去 / 121

清光 / 124

元日帖 / 126

种水稻 / 129

子夜火车站 / 132

角黍帖 / 134

夏日记 / 136

荠菜帖 / 139

鸡鸣喈喈 / 141

田鸡灶鸡 / 143

也说肥肉 / 145

绍兴酒 / 147

牡丹帖 / 149

侘助茶花 / 151

哈密瓜帖 / 153

除夕的饺子 / 156

陶器帖　/ 159

乌拉草　/ 162

吃螃蟹　/ 165

红湘妃　/ 167

胡里胡外　/ 170

菖蒲帖　/ 173

汤婆子帖　/ 176

清粥谱　/ 179

猪鬃记　/ 180

记紫藤　/ 183

毛笔帖　/ 185

闲章　/ 188

墨猴　/ 190

说鼠　/ 193

枯山水的波纹　/ 195

上元　/ 198

中秋帖　/ 200

案上的猫　/ 204

以字下酒　/ 206

吃白饭　/ 209

葫芦事 / 212

午时记 / 215

行酒令 / 218

胭脂考 / 220

蜘蛛 / 223

蝴蝶飞南园 / 226

草纸帖 / 229

关于知了 / 232

红蜻蜓 / 235

乡下的炖菜 / 238

虫子们

有一阵子，我的桌上总是摆满了各种虫子，蝴蝶、蜻蜓、苍蝇、蚂蚱什么的。我收集的虫子中肯定不会有臭虫，世界上好像也没人画臭虫，当然也不会有人去画虱子，虽然宋徽宗说虱子状似琵琶。我桌上的那些虫子一般都是我自己捉来的，然后找些空火柴盒，用大头针把它们固定在上边，这样画起来也方便。比如拿起蚂蚱看看，就会明白它的翅膀是怎么长的，颜色是怎么变化的。

虫子里边好像蝴蝶的种类最多。我最喜欢野地里那种很小的蓝蝴蝶，它们极难捉到，总是飞来飞去。菜地里的白粉蝶我也喜欢，这种白粉蝶好像只有白菜地里才有，我们这里称之为"面蛾"。蝴蝶中别有风致的是那种长着两条小飘带的蛱蝶，飞起来简直就是小号的神仙。前不久，我花四百块钱买到了一只巴掌大的蓝蝴蝶标本，不便宜，但它真是漂亮极了，我完全被它迷住了。我试着调出这种迷人的蓝色，用三绿加花青再兑点银粉，但不行，我调不出那种奇妙而迷人的颜色。

各种虫子里，苍蝇可以说跟人的关系最密切。有时候我也会画苍蝇，画周作人说的那种麻苍蝇。周作人小时候爱玩苍蝇,但他不玩麻苍蝇,原因是这种苍蝇的肚子里都是卵。他说红头绿苍蝇最好玩。红头绿苍蝇也确实好看,但它没有麻苍蝇适合入画,麻苍蝇的脖子上有竖的条纹,而国画是离不开线条的。苍蝇透明的翅子上还有两个小黑点,画出来增添了趣味。我画苍蝇一般要搭配上菌子——两只苍蝇,几个小菌子——这样的画常题之以"君(菌)子有银(蝇)"。这样的题字可见君子一般是穷的,有大钱的不多,古人说"君子固穷,不坠青云之志",画家们还是希望君子能有那么点零花钱,可以去小酒馆喝杯酒,或者到茶馆来杯明前。

螳螂是虫子里的双刀侠,它的祖传武器是两把大片刀。它立在一片叶子或一截树枝上,两把大片刀总是一前一后,像是随时会给谁来那么一下。螳螂不是飞行能手,我认为是因为它们的肚子太大,飞不远。但飞不远的螳螂实在是个厉害角色,它可以吃掉一条小蛇,小虫子更是不在话下。我小时候常见的螳螂不过两种,一种绿色,一种草秸色,我比较喜欢画后者,绿螳螂当然也不错,肚皮呈茄子皮色。画草秸色的螳螂时我爱配以一两片秋叶,很好看,很适合挂在喝茶的地方。极简单的构图更要有极不简单的细节,所以说虫子很难画。螳螂的翅子上的纹路极其繁复,你必须画得一丝不乱。

画蚂蚱配一两片秋叶也好看。画蚂蚱是件吃功夫的事,既要细节到位,又要知道什么地方该虚一点,略去一点,什么地方又该实一些,加强一点。虽是工笔,但要有写意的成分,这样的虫子才好看,才会活起来。

夏天来了,我想去小城西边的山上逮几只碧绿的小蝉。这种小蝉比大个头的蜜蜂大不了多少,它们的鸣叫声极细,会猛然一停,继而又悠然长鸣。它们一般只闻其声不见其形。那年有人送给我两只,颜色真是好看,很像墨西哥的兰花蜂。

蓝色的昆虫似乎不太多。蜻蜓里边有蓝色的,是蓝黑相间,一道蓝一道黑,很猛厉的感觉,但不算好看,起码没有红蜻蜓好看。黄昏的时候,在故宫的护城河上空,我见过成群的红蜻蜓,它们和古朴的宫苑以及波光粼粼的一泓水是那么相配。

咸鱼帖

我很爱吃咸鱼,因为我最早接触到的鱼就是咸鱼。山西的北部那时候还不怎么吃鱼,要吃鱼一般就是从南边运过来的那种咸带鱼,真是很咸,但它必须咸,要是不咸也许在路上就臭掉了。咸带鱼我以为特别能下饭,用油煎煎,煎到两面黄,一块这样的煎咸带鱼我可以吃下一碗饭,后来几乎养成了习惯,鲜鱼倒好像不如咸鱼好吃了。山西北部本不出鱼,但也不会缺鱼,像什么鲤鱼、鲢鱼、草鱼、鲫鱼,还有那种叫"白条"的鱼,白条好像永远也长不大,就一拃来长,银光闪闪真是好看。家父喜欢买大量的白条回来腌,腌好了再晒,喝酒的时候从竹筒里摸出几条在火上烤烤,以之下酒,不赖。这种鱼收拾起来特别的麻烦,因为太小,一条又一条地开肠破肚让人看着好不心烦。我看着父亲在那里收拾鱼,日影在慢慢移动,一上午不知不觉就过去了,日影慢慢移动,一下午又不知不觉过去了。父亲可真是有耐性。那时候家里有个铁箅子,上边总像是有股子咸鱼味。父亲喝酒,经常就这种小鱼干。这种俗名叫"白条"的鱼,我无师自通地认为它就是王维《山中与裴秀才迪书》中所说的"鯈"。王维的这篇文章写得真像诗一样,也许可以说诗也不及它：

  近腊月下，景气和畅，故山殊可过。足下方温经，猥不敢相烦。辄便往山中，憩感配寺，与山僧饭讫而去。
  北涉玄灞，清月映郭。夜登华子冈，辋水沦涟，与月上下。寒山远火，明灭林外。深巷寒犬，吠声如豹。村墟夜舂，复与疏钟相间。此时独坐，僮仆静默，多思曩昔携手赋诗，步仄径，临清流也。
  当待春中，草木蔓发，春山可望，轻鲦出水，白鸥矫翼，露湿青皋，麦陇朝雊，斯之不远，倘能从我游乎？非子天机清妙者，岂能以此不急之务相邀？然是中有深趣矣。无忽！
  因驮黄檗人往，不一。山中人王维白。

  咸带鱼现在好像还能买到。吃咸带鱼不必惊动葱姜酒醋各种的调料，简直是什么都不要，洗好切段上笼蒸，然后再放入油锅里煎，真是很好吃，简单而好。
  我现在吃饭，如果是别的菜，也许会吃两小碗；如果有油煎的两面黄咸带鱼，那么也许就会吃三碗到四碗，真是"无事大饱，罪过罪过"。
  但我还是希望有咸带鱼吃，极咸的那种。

冬笋帖

竹笋之好吃，在于其滋味鲜美，但若只用白水煮而又要你天天连着吃，便也是大难事。竹笋要想好吃，必须用有肥有瘦的五花肉去慢慢煨它。以竹笋入馔，第一要义就是要油大。上海老牌子的梅林油焖笋罐头，笋几乎都浸在油里，家里人吃这个罐头，向来是先把笋吃掉，然后用里边的笋油炖豆腐，是一点点都不浪费。笋一旦被掘离泥土，隔一两日口感便会发麻，须用开水焯一下。至于苦笋，既有著名的《苦笋帖》，相信古时就有人喜欢它，一如现在很多人喜嗜苦瓜。笋除了苦，尚有酸，桂林酸笋的味道给人的印象亦是深刻。吃米粉，若是既有酸豆角又有酸笋，相信许多人会偏向酸笋。桂林的酸笋又叫"吊笋"，而到底是哪一个"吊"字，尚有待考证。乙未年我在北京，国祥请我吃他从家里带来的竹笋，是在新昌的家里做好了用大罐头瓶装到北京，据说是只用水煮，当然要有油，味道极其鲜美。承他美意送我两罐头，带回家来，家里人吃了都说鲜，因为好吃，竟至不舍得吃，原计划放在冰箱里慢慢吃，想不到后来竟然坏掉大半瓶。国祥家住新昌那边的山上，那里有遍山的好竹好茶。他虽把竹笋与茶看得很贱，但若论懂它，我想我的朋友里边没有人能够超过他。我画竹笋，他看了就开玩笑说："笋箅头画成皇冠了，足见待遇。"玩笑话归玩笑话，但你对北方人说"笋箅头"，恐怕是十个人倒有九个不会懂。年前南方作家陶群力寄来上好的笋子，是那种小笋，只有拳头大，论其形便不是画上的那样，却是国祥所说的那种，笋箅头还在，是两头尖翘翘，必得在根部切一刀再剥剥它才会像皇冠，而画家笔下的竹笋大致都是剥过切过的那种，如果照实画来两头尖尖，一是不好看，二是有时候会让看画的人弄不清这是什么东西。群力于隆冬从南方往我这里寄一箱冬笋来，却正好碰上北方的寒流天气，气温忽然低到零下二十四摄氏度。那竹笋在路上早已冻得像石头，但拿来做菜，味道却不变，可见竹笋是可以冷冻而致远的。又问问南方的朋友，亦说是可以把竹笋放在冰箱里冷冻，但不能把笋衣剥去，临吃的时候再把笋衣剥去，会保存很长时间。现在天气又转暖，露台上和屋顶上的雪都化得滴滴答答，却又发愁群力寄来的竹笋化了怎么办，所以现在是天天在吃竹笋，用贵州和湖南的腊肉炒笋丝笋片，味道真是好，剩下的准备放在冰箱里慢慢去吃。

说到冬笋，著名的天目笋就是用来当零食吃的东西，味道很美，一长条笋，腌了晒，晒了腌，然后盘在一起，以之喝茶最好，用来下酒却未必好。天目笋现在的做法很多，而最好的就是那种腌过晒过半干不干的，既有嚼头又有滋味。把这种笋用水泡泡切很小的丁做素包子,味道真是好。这个包子南方人做来滋味要比北方的好,北方人不善于吃笋,因为北方是既无竹又无笋。

布尔班克

布尔班克是马铃薯中的一个品种，但你要是对山西、内蒙古河北张家口一带的人说布尔班克他们肯定都不会懂，麦当劳——几乎是全世界的麦当劳都有一个规定，他们的炸薯条只用布尔班克。

马铃薯在中国的名字有好多，在贵州，人们叫它"洋芋"；在东北，人们叫它"土豆"；在山西和内蒙古人们叫它"山药蛋"。山西的作家几乎统统被称之为"山药蛋派"，这四个字我就非常不乐意听。那一年在《上海文学》发一个中篇小说，因为是那一期的头条，周介人先生那一期的前言用的题目就是《又见山药蛋派》，因为主要说到我，我就对周介人先生说"我不喜欢山药蛋这个词"，我还又说"我不是山药蛋"。周介人笑着说"你生活在山西你说你不是山药蛋派你是什么派？"周介人先生在细节上是一个很用心的人，记不清是我的哪一篇小说了，小说的主人公就叫刘玉堂，周先生对我说，"好不好改一下？因为山东正好有一个作家叫刘玉堂，改一下吧，你说呢？"商量的口气，让人觉得特别的亲切。

因为麦当劳，褐皮的布尔班克现在是在全世界大行其道。

但为什么非要使用这种马铃薯，这种马铃薯到底有什么独到之处我一无所知，虽然直到现在我还经常会去吃麦当劳的炸薯条。

马铃薯是国际性的食物，几乎全世界的人都离不开它，曾经看过一部匈牙利的黑白片，片名叫《都灵之马》，这是一部动人的黑白片，没一句道白，只有两个演员和不停的风声。这部片子讲述父女两个在冬天里想从他们的居住地走出去，却始终没有走出去，最终还是被风雪逼了回去。在这部片子里，他们天天吃的只有马铃薯，马铃薯煮熟了，女儿把它放在碗里端给父亲，男主人公父亲只有一只手，他用他的独手把煮熟的马铃薯压一压撒点盐在上边就么吃起来，他们天天吃这个，这部片子的动人之处就在于没有一句道白，真是黑白响脆——黑白片的魅力真也是一言难尽。因为他们是在吃马铃薯，那种一只大碗只可放两三个的大个儿马铃薯，又是个个都蒸开了花，我就觉得他们的生活也不是有多么苦，因为那种马铃薯是很好吃的。马铃薯的吃法很多，但我认为还是烤着吃香，上小学的时候，我们的老师居然允许我们把马铃薯带到学校用教室里的大炉子烤上吃。那当然是在冬天，外边刮着西北风并且下着雪，上课之前，我们会把马铃薯放在炉子下边的炉灰里，下了课，那马铃薯基本就熟了，可以吃了，或者是把马铃薯用小刀切成片贴在炉筒子上，只需一会儿的工夫，那马铃薯片也就可以吃了。

我很难想象在山西、内蒙古、河北张家口一带没有马铃薯怎么过冬？这是个大问题。冬天将来的时候人们家家户户都要做的同一件事就是去买大量的马铃薯。有办法的人家总是要在院子里挖一个地窖，他们会把马铃薯和胡萝卜都直接倒在里边。买马铃薯，如果是黄皮的要买那种麻皮的，如果是紫皮的，那不用说不管它的皮是不是麻皮，一定是好吃的，这种马铃薯叫"透心蓝"，紫皮却不知道为什么叫了"透心蓝"？这真是奇怪。还有一种叫"脚夫马铃薯"的，名字也是怪，据说墨西哥那边的马铃薯以这种马铃薯为主，除了脚夫吃，当然那些不是脚夫的人也在吃。

在中国，我个人认为出最好的马铃薯的地方是在张家口坝上，坝上的气温要比坝下低得多，坝下——我且这么说坝上之外的那些广泛的地域，在坝下你穿短裤体恤，到了坝上早上一起来，冷得让人哆嗦，你必须马上要穿厚些才行，如果有军大衣披一件最好。坝上的马铃薯最好，在野地里挖一个坑，大点的坑，在坑里点火，火快熄灭的时候把马铃薯统统放进去，然后用土把这个坑再埋好，然后你该做什么就去做什么吧，到差不多的时候再回来把这个坑挖开。那马铃薯才叫香，用手一拍即破，里边的瓤，我们叫它瓤，里边的瓤沙沙的，真好。

马铃薯的品种很多，我很希望自己能拥有一本关于马铃薯的辞典，我真想知道全世界都有些什么马铃薯？马铃薯虽然品种极多，但它们共通的一点就是都要开花，而且是紫花黄蕊白花紫蕊，颜色搭配得真是好，从来没听过马铃薯有开红花的，马铃薯的叶子有些洋里洋气，国外出版的书籍有用马铃薯的图案做封面，很好看。

再说到麦当劳的布尔班克，这种马铃薯是褐皮，所以我不知道它的花会是什么颜色。但肯定不会是红的，全世界的马铃薯有没有开红花的？我希望没有，我讨厌红色。

老油条

从小到大,我最常吃的早餐就是油条和豆浆。一碗豆浆、两根油条,再来一小碟老咸菜,这个早餐就打发了。各种的油炸食物里,要说油条怎么个好,还不好一下子说清。油条要吃刚刚出锅的,嚼上去会"吱喳"有声,外面是脆的,而里边又是松软的。有人喜欢一手持油条一手持筷子,把油条在豆浆里浸浸吃吃,再就一点点咸菜丝。这种吃法有点委屈油条,油条就是要吃那种口感。油条有特殊的香气,其实是矾的味道,做油条离不开矾,离开了矾就不蓬松。一般来说北方的油条要比南方的油条好一些,南方许多地方的油条只能称为油棍,既细且硬,拿在手里不像个东西。而这次去泉州,吃早餐的时候却看见了好油条,既粗且大而且中空,便不免一连吃了许多根,就豆腐脑,很香。一般来说,吃油条要到早点摊子上去。在家里炸油条,不是没有,但很少,首先要支一口比较大的锅,还要放许多的油,很不方便。汪曾祺先生说他会用油条做一道菜,就是把吃剩下的油条切段,里边塞那么点馅子下锅再炸,炸好便马上吃,又脆又好吃。而这道菜实在是家常,几乎是人人都会做,只要你愿意做。但切成段的油条里最好塞鸡蛋和韭菜做的那种馅子，做这个馅子不能用素油，素油很难使馅子团在一起。最好用猪油炒鸡蛋，炒好了鸡蛋再把切好的韭菜拌进去，因为猪油的缘故，这样拌出来的馅子会抱成团才好塞到油条里边去。一段一段的油条塞好馅子后还要在面糊里裹一下，面糊不能太稠，做这种面糊的时候要打颗鸡蛋在里边，裹了面糊的油条才能下锅炸，才不至于把里边的馅子给炸出来。这个菜味道说不上太好，但也不错，吃的时候照例"吱喳"有声，很是热闹。有见喝皮蛋粥的，把油条切得很碎放在粥里，味道也不错。而如果喝那种白粥，把油条一小段一小段地放粥里完全泡软和了，是另外一个味儿。

油条在中国，是极为普及的食品，一般都用来做早餐，中午饭和晚餐吃油条的就很少，但不是没有。油条之所以叫作油条，是因为它就是那么一条，既经油炸，便被命名为油条。在中国有句接近骂人的话就是"老油条"，常见一个人骂另一个人："你这个老油条！你这个老油条！"如果细细地分析起来，谁也说不好"老油条"这三个字什么意思。一种解释是油条炸老了，又硬又黑不好吃。相对而言，既有老就有嫩，如果说老油条不好解释，嫩油条这一说法就更站不住脚，有些中国话，只可意会不可言传。

早上起来，我如果去跑步，便一定要吃油条，还一定要刚出锅的，在锅边守着，等它热腾腾地现炸出来。再要一碗豆腐脑，当然还要有一小碟咸菜丝，黑乎乎的那种，俗称"棺材板"，就这样的吃法,几乎天天如此,多少年下来,居然还没有吃腻,时间长了不吃还会想念,还会觉得不自在。

想念油条,这是什么话!

新妇帖

关于"新妇"这个词,现在普遍叫作"新人",其实"新人"这个叫法更加的古老,《民俗考》里边即有这个词,也是专门指新出嫁的新娘,只一个"新",真是让人心生无限的喜悦。一个人从小长到大,可以被称为新的也许只有这么一次。新与旧相对,但见新人笑,哪见旧人哭。这句诗真是让人伤感。人一时与厅堂里的家具等同,旧家具新家具,用旧了的东西没了一点新气息,自然是不好的,这不好的结果大家都知道。

吾乡人家娶新妇,子夜时分是要放爆竹的。必放的是一声在地一声在天的那种"二踢脚","二踢脚"这三个字是不是这个写法,我不知道。二踢脚总是响两声,响一声的就算是哑炮。小时候过年,有一次我去院子里放二踢脚,刚刚下过一场新雪,院子里亦是崭新的亮白,我刚把二踢脚的捻子点着,想不到那个二踢脚猛然在我的眉际炸开,从此我再也不敢放这种二踢脚。好的二踢脚做工比较复杂,一是要往上边缠麻,二是用民国时期流通的那种挺括哗啦的纸币来做。旧币虽然是旧币,但也是用那种顶顶好的纸张印制。一是缠麻,二是用这种纸币裹了又裹,这样的二踢脚真是脆亮,二踢脚"砰啪"上天,纸屑飘落在地。子夜时分放爆竹，许多人会从梦中猛然惊醒，但大家都知道这是怎么一回事，也不会引以为怪，也许会想到自己的当年，也有不少人会伤感起来。多少娶新妇的人家，高兴也只是摆在面上，背后有多少让人不高兴的事只有自家知道，日子也就这样一天一天过下去。

吾乡娶新妇有一个细节，新娘上轿的时候手里要托着个瓶，瓷瓶，或干脆就是一个酒瓶，只不过里边没有酒。不知为什么，查遍诸书也查不出瓶里为什么偏偏要放绿豆。满满一瓶绿豆，豆子上无一例外还要插一棵芹菜，碧绿挺翠的一棵芹菜。但据乡里的人们说，"芹"与"勤"发音相同，这么说来，捧着一瓶芹菜去婆家做新妇真是好意，但亦让人觉得辛苦。

昨夜有人家于子夜时分放炮仗，忽然想起这是在娶新妇，是为记。

茴子白帖

茴子白可以生吃，我还总记着吕新坐在我对面用手撕了茴子白大口大口生吃的样子。我很少生吃茴子白，但北方过去冬季来临之前有几件事要做，其中一件事是要腌菜，就是腌茴子白。那种很大棵的茴子白，它可真能长，能够一直长到小磨盘大，一个人"吭哧吭哧"抱一棵，再多就抱不动。这种茴子白特别能放，放一冬天，到了春天把外边发黄的叶子掰一掰，里边还好好的，什么事都没有。有个朋友说边防部队的地窖里边有的茴子白已经放了十多年，把外边掰掰里边还能吃，我相信这事，茴子白就这样，外边干了，里边还鲜嫩着。到德国吃咸猪脚，同时会上一团酸菜，扒开看看，是茴子白腌的。到东北做客，他们也会上一盘腌酸菜，现在腌长白菜多了，但我还是爱吃这种茴子白腌的，它们真不一样。到内蒙古，酸菜包子，馅子是羊肉和茴子白腌的酸菜，可真好吃。因为这种大个儿的茴子白特别能放，只需把它们放在凉房里就行，从这一年的秋天一直可以放到第二年的春天，一点事都不会有。长白菜开花我见过，一根梃，很长，黄色的碎花，碎糟糟的。但我没见过茴子白开花，好像它就没这事。冬天客人们来了包饺子，抱一棵茴子白来就行,切下半棵足够,一棵吃不了。茴子白熬土豆是我从小吃到大的菜,这个菜总会在空气中释放它甜甜的味道,时间久了,这种甜甜的味道闻见就让人饱了。现在大个儿的茴子白不好得到,大个儿的茴子白要在地里整整长一年,一直长一直长,直到冬天来临人们才会把它们从地里收回来。可能是因为它们的生长期太长,不如种那种叫作"小日元"的包头菜来得快,所以菜市场很难见到这种大棵的。

吃茴子白几乎是全球的事,法国吃,英国吃,俄罗斯也吃,日本吃,墨西哥吃,印度也在吃,可以说是到处都在吃。这几年我又重新喜欢上了它,我喜欢它就不停地吃它,但我也只会把它腌成酸菜吃。几乎是一年四季,我都会用几个大口的玻璃瓶子腌它,先切很细很细的丝,切一大堆。再切一小堆很辣的尖椒,把它们放在盆子里拌在一起用盐杀杀,然后再装到玻璃瓶子里,只用盐,过不几天就酸了,十分好吃,吃完一瓶再去取一瓶。今年我还想着去买几棵那种个头极大的茴子白,但不知怎么天突然就冷了,下雪了,道路结冰了,我想这事只好等明年了。我们这地方把这种菜直接叫作大圆白菜,把长白菜叫作长白菜。

北京的菜包子以前就是用的这种茴子白的叶子,大茴子白的叶片每一片都是半个圆,恰好用来包馅,在这方面长白菜不太行。

说到储存,茴子白也好像要比长白菜好储存。茴子白的菜地里总是会有不少白色的蝴蝶飞上飞下,翅膀上都是白粉,我们把这种蝴蝶叫"白老道",但它还有一种名字像是更古老——"面蛾",应该是这两个字。

蟊斯

入冬养蟊斯，在以前是没有的事，以前养蟊斯是秋天的事。蟊斯的叫声多多少少让人觉得有些寒凉，蟊斯在屋子里叫，秋风在外面刮，夜里的秋风让人觉着秋气逼人，树叶子被从树上刮下来打在窗子上，"哗啦哗啦"的，实在让人伤感。即使是你在地里收割着黄灿灿的庄稼，秋风从远远的地方刮来，你的心里也未必不伤感，你会想，一年怎么就这么快又过去了？这是怎么回事？

养蟊斯以前是秋天的事，而到了冬天就只能养养炕房出来的蝈蝈。把蝈蝈养在蝈蝈葫芦里边，再把它揣在怀里，外边下着大雪，你行走在风雪道中，偶尔能听到自己怀里的蝈蝈在叫，多少让你觉得有那么一点温馨，好像只能用到这两个字，除此真让人不知道怎么形容那种感觉。冬天养蝈蝈，每天的工作就是要把它放出来晒晒太阳，冬天的蝈蝈弹跳力一般都很弱，它也不怎么跳，它晒着冬天的太阳，慢慢爬动，就像老年人在散步。

蟊斯现在冬天也可以养了，现在几乎什么都不分季节了。你可以到花鸟市场去买，养蟊斯用小盒，盒上镶着一块玻璃，方便它晒太阳。蟊斯白天也叫,但白天太吵,各种声音压着它的叫声,给人们的印象就像是蟊斯白天根本就不会叫。蟊斯的叫声到了晚上才会引起人们的注意,蟊斯叫的时候也是女人们忙着做针黹的时候,冬天要来了,她们忙着给孩子和丈夫做冬天要穿的棉袄棉裤。《诗经》里有这样的诗,只是现在我背不上来。

蟊斯有各种品种,我们小时候只叫它"瓜子蟊斯",因为它长得实在是太像一粒大瓜子,今年我养的一只蟊斯是"绿瓜子蟊斯",我还想着再去找一只颜色接近麦秸色的那种来养,叫声倒没有什么区别,只是我喜欢那种麦秸色的。各种颜色里,我最讨厌红色,最喜欢的颜色是麦秸色,也就是赭石色。赭石色乃是天地间的大色,各种的花红柳绿到最后都会归为这种颜色。

是为记。

荞麦帖

"至高的荞麦"——在日本街边的小饭店不止一次看到过这句话，觉得周遭都一下子亲切起来，日本人对荞麦的喜欢，甚至超过了大米。说到荞麦，诸君很难说它是麦，它的叶子与花真是好看，如果是一大片的荞麦出现在你对面的山坡之上而且正在烂漫开花的话，那真是一种美景。在北方，荞麦是作为一种补种的农作物存在着。春天种下去的其他农作物突然遭到了什么灾害，比如一场暴雪或者是别的什么，地里的庄稼一下子全部死掉，而季节又不容许人们再种谷黍稷麦之属，农家们只好来用荞麦补种。山区高寒，无霜期相当短的地方，也只能种荞麦。

小时候，母亲不太给我们吃荞麦食品，说是荞麦吃多了容易勾病。至于勾什么病，母亲向来都不曾说过。母亲很少给我们吃的还有那种无鳞鱼，道理也是它们容易勾病，至于勾什么病，母亲大人照例也没有细说。我以为，她也许也不知道，只不过是从外祖母那里听来；外祖母大概也不知道，也是从她的母亲那里听来而已。但我还是极其喜欢吃母亲做的那种用荞麦面做的"cua"饼。我只知道"cua"这个发音，至于是哪个字，至今也不清楚。我模模糊糊觉得这个字也许应该是"抓",只不过发音讹变了一下。

在北方,荞麦被广泛使用着的是它的种子脱下的皮。荞麦皮做的枕头要比别的东西做的枕头好,有时候住宾馆我会要求服务员给我换一个荞麦皮枕头,这简直有点奢侈。

贵州和云南的荞麦也不少,贵州毕节出一种叫作"荞酥"的点心,最著名的好像是叫"蒋家荞酥",奇甜,又有一点点苦,我以为这是荞麦能够做出的最好的点心。

《古歌》里边有"高田种小麦,终久不成穗",如果种荞麦,不但可以成穗,而且是茎茎叶叶俱有可观。

荞麦真好,我以为它应该属于花卉。

茶二记

今年喝的茶,仔细想想,也只是专门喝了两种。一种是江西名茶"狗牯脑",一开始还以这是个"古"字。这名字古怪得很,也有乡野气,似乎跟茶一点点都不沾边,后来才知道产此茶的所在是一座小山,山的形状远远看去恰如一狗头,当地人叫它"狗牯脑",遂这样渐渐叫开。狗牯脑的名气真是很大,到当地的人往往都会带一些回去自己喝或送给朋友喝。去年我在狗牯脑一带走来走去,一时雨一时雾的,是湿漉漉的那种好。这好也只是对我这个常年苦于干旱的北方人而言,这样的天气在北方一年四季也不会有几天,我想南方的朋友并不会喜欢。狗牯脑一带其实也没什么可看的,我爱看路边卖土产的小摊,还跟他们买我认为是最好的那种竹笋,整根的晾干,很透亮的样子,但拿回家就随手放在了那里,一直想不起吃。这种上好的竹笋被我父亲叫作"玉兰片",我总觉得这个名字有点太雅,雅到有点酸气,我是不喜欢的,竹笋就是竹笋,叫什么玉兰片。但狗牯脑茶我却是喜欢,天天把它泡来喝,一边喝一边写些与时事无关的文字,文章要想好,最好与时事无关。茶是喝了又喝,正旺知我喜欢狗牯脑,遂寄了又寄。我说狗牯脑好，但你若要我说它怎么好，我又不会说。我以为喝茶是一件只可意会不可言说的事。

今年喝的第二种茶是我向来喜欢的太平猴魁，但近几年的太平猴魁大不如以前，变成了机制。我喝太平猴魁向来用两个特殊的玻璃杯，杯子很大，像一个用来吃面条的碗，但只有这种杯子才可以用来泡太平猴魁，小杯子不行，也很少听过有什么人用紫砂壶来泡猴魁。猴魁的好也照样无法说，但近几年的机制猴魁我以为是断送了猴魁。采下来的叶片用机器来压，以使它的叶片平整而大，而茶叶的汁液也随之失去了大部分，即便没有失去，风味也大不如从前。今年的猴魁也是正旺从南昌给我一次次地寄来，我现在还在喝着，有时候会一上午喝两种，泡一杯猴魁，再泡一杯狗牯脑，慢慢细品，文章也许已经写了一篇，是为记。

素食在上

马上又要过春节了，无论怎么说，春节都是中国人最大的节日。过去那句话是说到家了，就是"有钱没钱，回家过年"，还有一句话是"有钱没钱，剃头过年"，可见年在中国人心目中的重要性。好吃的、好穿的、好看的、好听的，一年到头，都好像是为了春节而准备。春节的时候，谁不小心打了什么，也都会被一句"碎碎平安"了结，不会像往常那样挨骂。春节的第一个大节目，不用问，当然是吃。这要在一入腊月就开始准备，该腌的腌，该煮的煮，民间的喜气与生活味都在这里。比如种一盆子葱，要看那一盆绿意；比如要生一盆豆芽，民间的说法是发，过日子要发的意思。劳累一年的家庭主妇在过年那几天也要休息，所以在年前要把能做好的东西都做出来，做好，放在外边的凉房子里去冻好。用来包饺子的菜馅——胡萝卜，剁碎了，入开水里氽过，用两只手把水分挤去，再用力把它们团成团子，一团一团地冻出去。白菜也细细地剁碎，也入开水锅氽了，用两手挤去水分再团成团子，也冻出去。还有蒸花馍，一下子蒸许多，也都是蒸好凉凉放外边去冻，吃的时候拿回来放蒸笼里，用热气一嘘就行。东北的黏豆包，一下子要蒸出许多，几袋黄米面,蒸好也照例是要冻出去。还有就是饺子,大部分过年要吃的饺子都是年前包好的,全家人坐在一起包,这种馅那种馅,各种的馅都包好了放在外边去冻,吃的时候拿回来煮。年三十晚上包的饺子更接近是一种仪式、一种象征。中国人的春节,是一个人人都欢喜的节日,也是能让人人都歇息一下的节日,春节的时候可以打麻将,可以和朋友们从上午喝到下午,小孩们可以提个小红灯笼到处跑,玩儿饿了,回来敞开大吃。

说到春节,让许多人怀念的还是吃。其实不但是人,村子里连老牛们怀念的想必也是吃。一到春节,必备素食,胡萝卜、豆腐、木耳、鸡蛋、韭菜……用香油一收而拌的素馅闻起来可真是香,用这种素馅包的饺子煮好后第一碗照例是要端给老牛。牛在地里辛苦了一年,这碗饺子理应先给它吃。年三十大鱼大肉,各种平时很少吃到的都要端上来,大年初一要把年夜饭清理一下,叫作"接年饭",意思是好的,是说家里去年的东西一直吃到今年还有。年三十那顿饭,无论什么菜什么饭都讲究不能吃光吃净,就是要剩一些,叫作"有余头"。一过了年三十就是新的一年,新的一年还能吃到过去一年的饭,说明这家人有。而到了初二,就必须吃素食,素饺子、素籴饭。连吃了两天的大荤至味,素食才会显出它的好。为了过年而专门做的素籴饭可真是香,先把金黄的小米在锅里煮八成熟,然后捞出来,等它冷一冷再团成团,金黄金黄的小米团成一个团一个团放在外边去冻,腊月天室外滴水成冰,小米团很快就会冻得铁硬,然后把它们放在一个缸里,这样的小米捞饭要做许多。然后是要做各种菜团子,也是团成团放在外边冻,等到吃素佘饭的时候把它们拿进来就是。素佘饭里最不可缺的是油豆腐丝、黄花丝、菠菜丝、腌过的那种胡萝卜丝,吃佘饭用的胡萝卜必须是腌过的才好。在北方,人们年年都要腌菜,而菜缸里必会腌一些红红的胡萝卜。吃菜馅炸油糕,馅子里必离不开这种腌过的胡萝卜,在乡下,吃油炸糕要同时上粉盘,那一大盘拌粉里也照例离不开这种腌过的胡萝卜丝,一是口味好,二是红红的好看。大年初二吃素饭,可以让肠胃休息一下,换换口味。素饺子,口味素淡,同时上桌的素菜比如豆腐丸子,比如拔丝荸荠,比如清炒黄豆芽,比如韭黄炒鸡蛋,都爽口可爱。然后是一碗豆苗汤,味道再来一个小高潮,这顿素饭可真是好。而佘饭好像比素饺子更受人欢迎,佘饭的香离不开北方特有的胡麻油,饭里有各种的菜,早早团在一起的菜团子在外边冻过,味道也像是变得更加香。这个佘饭好像必用小米来做,还没见过用大米做的。

过春节,怎么也要吃几回素食。素食的意义其实就是好吃而已,换口味,非要把素食和养生拉在一起来说,一时怕是说不清。春节来了,准备好你的胃口,准备迎接素饺子和素佘饭。南方在春节的时候吃什么素食,希望朋友们告知。还要说的一句话是,北方农村把素饺子端给老牛的时候总是要说这么一句话:素食在上,一年辛苦。

是的,一年辛苦,素食在上。

冬日晚餐

已过"三九",天自然是奇冷。鄙乡有句老话是"三九天不出门赛过活神仙",若果能如此,即使不能成仙,也是福分不浅,而我现在就是这福分不浅的人,不出门,坐在阁楼的窗前一边晒太阳一边读书,恰好手边有两本书,一本是竹峰的《不知味集》,一本是华诚的《草木滋味》,读这两本书在我就像是吃零食。我本不是喜欢吃零食的人,但用吃零食来形容读这两本书,我以为真是再准确不过了,吃零食不为求饱,只为品它的滋味,这便是文章的好。一般的文章让人知道些世事,好的文章才能让人一品其味。《不知味集》《草木滋味》,只这书名,便让人觉着好,让人放松。我读书的习惯是随便翻到哪里就从哪里读起,恰就翻到了竹峰的那篇《咸》。我个人是比较喜欢吃咸的,记得某日在饭店吃饭,就听旁边有人一坐下来就问服务员:"有咸菜吗?"便知是碰到同道了。我在家吃饭,是必须有腌菜的,自己家里腌的是东北酸菜,腌这种菜是不放盐的,把大白菜一劈两半,在开水锅里过一下,放凉了再码在缸里,和桂林的腌酸笋一个意思。腌酸笋也不用盐,也只是把竹笋在开水中过一下,然后就那么泡在水里,让它自然酸,而它居然真就自己酸了。这个酸和加了盐的酸大不一样,怎么个不一样,你必须自己去吃才会知道。东北的酸菜白肉、酸菜饺子,必须用这种酸菜才是正味。就像是桂林的酸笋,会让人上瘾。酸笋的味道真的很冲,你在家里做酸笋,在案板"嚓嚓嚓嚓"切那么一小块,但屋子里分明已经满满都是那个味,什么味?说不清,真是说不清。竹峰说的咸菜煨豆腐不知用的是什么咸菜,但他说只要下点雪他家就必吃咸菜煨豆腐,真是忽然让人想念起咸菜来。看看窗外,像是不会下雪,但我突然决定晚上要吃一次咸菜煨豆腐。在鄞乡,可以用来煨豆腐的腌菜照例只有雪里蕻。雪里蕻长得很像芥菜,但它肯定不是芥菜。刚刚腌过二十多天的雪里蕻最好吃,以之煨豆腐,可真是鲜美,以之炒碧绿的蚕豆更是下饭。南方的朋友昨天刚刚寄来鲜笋,朋友怕鲜笋在路上冻坏,还用两件旧衣服把笋包得严严实实。我从中摸出两个,是那种最好的小笋。晚上,我决定用它炒一个腊肉,再做一个咸菜煨豆腐。这样的两个菜配一碗米饭,可以说是一种享受,朴素的享受,而唯有朴素的享受才能让人品出真味。

关于热炕

因为冷,忽然就怀念起热炕来了,现在的城市人家里很少有热炕。今天,是三九的第四天,实在是太冷,只好窝在被子里看书,再冷,就需要加一条毛毯。前不久在贵阳,也是实在冷得不行,便开了电褥子,和朋友钻进被窝里就不愿再出来。可我那朋友毕竟是南方人,一晚上开着电褥子他又受不了,总说干啊干啊,到半夜就要把电褥子关掉。电褥子一关便又冷起来,两个人钻在一条被子里还是冷。北方人最怕在南方过冬天,那个冷,实在是受不了。若在北方,一条大热炕,躺在上边真是舒服,这么一想,我倒觉得奇怪起来,怎么现在的人们都不再睡热炕?热炕给人带来的舒服真是让人怀念。

冬天快来的时候,树叶落了,打得窗户哗哗响,这时候就总是能听到外边有人在喊,仔细听,是在喊:"打炕,打炕!"这喊声让南方人听了还真是弄不懂,炕还怎么打?为什么要打炕?打炕的人也算是手艺人,总是推着辆车,车上是一大块一大块的黄土,那种黏性极好的土。打炕是个苦营生,一头、一身灰,都是炕洞里的煤灰。有炕的人家在冬天到来之前都会把炕重新盘一下,叫作"打炕洞"。先是把炕拆了,也就是把炕的面上的那一层土皮和土砖坯起掉,然后把炕洞里边的很厚的煤灰全部清理出来。把炕洞打扫干净了,再把炕面收拾好,用土坯盖好,再墁一层泥,这样一来,到了冬天这条炕就会很暖和。睡热炕,最好是睡在炕的中间。炕头最热,没人敢去睡,炕尾又凉。但高手打的炕,炕尾那边也照例会是热的。睡炕最怕外边的风向突然有变,炕洞会"打呛"。那可真是"打呛",像人伤风感冒咳嗽打喷嚏,猛地就来了,"轰"的一声,很响亮的那么一声,或者是两声三声,吓人得很,像是有炸弹在屋子里忽然爆炸了。紧接着满屋子里都是煤灰、烟灰,如果赶上吃饭,这一桌子饭就别想再吃。山西的炕,一般是南炕,在南窗之下,太阳光照在炕上,亮堂堂的。也有北炕,是在屋子的北边,夏天睡很舒服。还有棋盘炕,这种炕总是占据屋子的一角,好处是从这边也可以上炕,从那边也可以上炕。而在东北,屋大且深,就有了南北炕。一间屋里有两条炕,南边靠窗一条炕,北边再来一条,炕与炕之间再来一个大铁炉子。炉子很大,上边坐一个很大的铁皮壶,吱吱响,其实那水早开了,炉盖也早已盖上了,壶坐在炉盖上,谁想喝就下地去,把大铁壶提下来倒那么一下子。

会打炕的人打炕的时候总会问一声,要不要留个"烤口",也就是在炕上边留一个四四方方的口,平时要用一块四四方方的砖盖严实了。烤口可是太有用了,冬天要烤几个山药蛋吃,就把这个口揭开,把山药蛋放进去,到时候再取出来,那山药蛋早烤得又沙又软。这个"沙"字山西人明白,张家口坝上那边的人也明白,好吃的烤山药就是沙的。或者是在烤口里烤小米,把金黄的小米放在一个砂罐里,然后把它放在烤口里。那小米会被烤得更加金黄,熬出来的小米粥可真香。

炕只有在冬天才会烧热取暖,夏天没听过谁要睡热炕。这几天,天真是够冷,这就不由得让人怀念热炕。

除夕记

　　春节后的第一日便是农历大年初一,春节这一天的忙碌竟让人后来想起时有些薄薄的惆怅,一大早起来的贴对联,热稠的糨糊刷在墙上会马上被冻成白色。家大人总是说,粘不住也冻住了。而那梅红纸的对联,上边的墨字个个果真绿到发黑,也果真被冻在了墙上。因为守岁,春节后的第一日在鄙乡一般是不出门拜年的,因为除夕的守岁,给了人睡懒觉的理由。真正的守岁,要从晚上一直守到太阳出来,有珍惜时光的美意在里边,是美好而又有几分凄然的,虽然是新的一年分分秒秒都地在眼前,但一大段的时光却永远逝去了。除夕的守岁,大人们摸牌会摸到很晚,孩子们只是贪吃和放爆竹,或打了红纸糊的灯笼四处游走,毫无目的,但到处都是喜气,在外边走一阵,但心里毕竟惦记着屋里的花生、瓜子、核桃、红枣、栗子,都混放在一个很大的盘子里,就吃一阵再出去。外边一声一声的鞭炮,一直要从吃年夜饭响到后半夜。而爆竹声大作必然在子时之后,家家户户都要以爆竹去迎接那谁也看不见但谁也不敢得罪的财神。家大人还要时不时出去看看冻在外边的饺子。除夕包的饺子都放在院子里,冻结实了再放到一个很大的红色陶盆里,若是哪一年的天气碰巧太冷,饺子会被冻裂,这样的晚上,有时候会听见一些动静,早上起来,地上竟是一指宽的裂缝。

春节后第一日,在枕上睁开眼,枕边照例是苹果和橘子。红的苹果和金红的橘子,每人各一枚,是家母不知几时醒来给放在枕边的。苹果象征平安,橘子象征吉祥,在这春节后的第一天是颜色好,意思亦好,也没人教导,我从小便知道这是应该珍惜的,放在棉袄的口袋里时不时要用手去摸它们,或放在鼻子下去闻它们。春节后第一日的早饭是饺子,其实从时间上说不能当它是早饭,因为是春节后的第一日,除夕的剩饭剩菜是不能端到桌上来。唯有糕可以,在鄙乡被叫作"间年糕",是去年的"高来高去"一直高到今年来了。黍米糕放凉变硬,经热油煎到两面微焦,这习惯我一直保留到现在,总是喜欢这样的糕,这糕的滋味让人想念过去的时日,抹一点酱在上边便是美味。春节后的第一日,一睁开眼,便会看到家母给做的新棉袄和棉裤胖墩墩地放在那里,棉花是絮得厚厚的,里面俱是新的,布的颜色是藏蓝,袖口长一些,卷一圈,露出里边的白里子,颜色的对比亦是节日的分明爽利。那时候,家里上下的穿着都要经家母的手,鄙乡小城的商店里好像就没有卖成衣的,即使是大上海也只有几家著名的西服店,二十世纪三十年代的好人家要做衣服也是请裁缝拿上刀尺上门来。衬衣衬裤和大布袜子都是要在家里做,这个年在我们是快乐的,但在母亲，却是几个月加在一起的不停劳碌，那时候就是想去买，也没地方可买。也没听过一件衣服要多少布票和多少钱，那时候只是买布，多少尺布要多少布票和多少钱，算好了，交给售货员。售货员把这钱和布票夹在铁夹子里，铁夹子穿定在售票员头顶的那根铁丝上，只要抬手用力一送，那夹子便会一下子远远滑到收钱总柜那里，那里把找头算好再夹好，然后"哗"的一声再滑回来，不会出一点错。那时候的商店都是这种交钱找钱的方法，收钱的就像是坐于一张网中间的蜘蛛。想想这些，过去岁月的拙美便一一都在眼前。

春节过后的第一日，人人都是簇新的，人人都是棉花的味道和新布的味道，那时候我虽然小，却也知道爱护身上的家母的针黹，走路处处小心。到了晚上母亲还是要给我们的新鞋子的鞋底子上上一点白垩粉，古代的皂靴的好看，其实是要那白白的鞋底去衬它一衬。从外边进来，母亲便会去把挂在门后的布掸子拿出来给你打一打，客人来了也这样，这便是那种年月待客的拙礼。现在想想，春节过后第一日所能闻到的味道倒不是水仙或蜡梅的香气，而是花茶的浓香。客人来了要上茶，家里吃油炸馃子也是要喝很香的花茶。桌上装在盘子里的苹果和橘子全是用来看的，也真是好看。现在摆一盘在那里，就没有往昔那种让人眼亮的感觉。大年初一的院子是不许扫的，竟像是有满院满地的桃花，都是爆竹的碎屑。屋里的地也是不许扫的，花生壳和瓜子皮，踩上去"咯吱"作响，亦是喜气。

多少个春节过去,而让人想念的还是往昔的拙美。那梅红的对联上的词语,意思虽与节日有关,却又实在是一声漫长岁月的感叹。我家的对联多少年下来都是那两句:春随芳草千年绿,人与梅花一样清。在北方的小城,很少能看到真正的梅花,但春节的对联让人知道梅花的好,做人要像梅花一样,一点一点从苦寒里开出那最好的花。

压岁

宋人王安石的诗:"爆竹声中一岁除,春风送暖入屠苏,千门万户曈曈日,总把新桃换旧符。""岁"在这里本应是"祟"字,"一岁除"是除祟的意思。"祟"字的意义不用解释,而"压岁"必用金钱却是一件很好玩的事。

前几天朋友摸出一枚好看的小金锭以压岁,让人觉得金子亦有清明之气,也让人觉得那谁也看不到的"祟"竟然也很容易地能被人压它一压,只要给一点钱财,不但会被压掉,而且也被除掉了。除夕夜的压岁钱其俗甚古,其演变足可以写一本书。便从家大人或长辈那里领取压岁钱的记忆是美好的,一是自己可以支配这些压岁钱,想买什么就可以买些什么,二是可以把压岁钱一点一点地积蓄起来,放在不满就不能打碎它的扑满里,到用它的时候,"哗啦"一下将其打碎,感觉上是一下子暴富,真不知有多少喜悦。但钱装在自己的口袋或扑满里却能把"祟"压住却总有些说不通。

古时的压岁钱必有些吉祥的话语和镇邪辟不祥的图案在上边,因为这钱上边有各种的图案所以又被称为"花钱",但我没有研究过古人的压岁钱上边的图案都是些什么,所以到现在也没有发言权,但想必"祟"这种东西也大爱钱财,只要把钱给它就可以买到平安,就和人们碰到了强盗以钱财买平安一个道理。"钱能通神"这句话从古到今放之四海而皆准。

压岁钱一般都是长辈从上往下发放,想想过去的四世或五世同堂,这一场面想必是十分的好看,长辈坐在那里,桌子上摆放的定然不是现在那种轻薄的纸币,最好一如朋友博客上所示的那种小金锭,金烁烁地码老高一堆,金子的分量和光泽想必不会有人不喜欢。一人一锭或两锭地发在手,到时候你想不开颜都办不到。

再说一下屠苏酒。据说此酒起于晋:"昔有人居草庵,每岁除夕,遗闾里药一帖,令囊浸井中。元日取水置酒尊,合家饮之,不病瘟疫,谓曰屠苏酒。屠,割也。苏,腐也。言割腐草为药也。晋海西令问议郎董勋曰:'正月饮酒,先小者,何也?'勋曰:'小者得岁,故先贺之。老者失岁,故后也。'"一般的饮酒,总是从年长者饮起;但是饮屠苏酒却正好相反,须从最年少的饮起。这种饮酒的方法,也唯有饮屠苏的时候才如此。

北方人好像是从来就不喝这种酒,而在南方现在还喝不喝一时也让人说不清。但其他的各种酒在除夕肯定是不少人都在一杯一杯地大喝,但几个人凑在一起的哄饮总不如一个人独自在那里一边看一本线装书一边花生米剥剥小酒喝喝来得惬意,酒用成化的青花小瓷杯,花生米用青花的小碟,相伴的是一盂水仙,这个除夕会相当的好。而从古到今的除夕都不能让人睡个好觉,原因在于彻夜不息的爆竹,而除夕的好也在于爆竹。除了这一夜,无论谁一时兴起半夜三更跑出去大放爆竹都会招来白眼,而且是睡意蒙眬的白眼。

金锞子帖

今年的年对我来说过得特别有趣味。一是把自己过去的旧文编了一下；二是前不久种下的水仙才有一指半高就长出了花蕾；三是一个月前供在案头的香橼居然不但颜色金黄，而且香气愈加浓烈。香橼的香气与佛手不一样，怎么不一样我说不来，如果有机会你可以对比着好好闻一下。年头岁尾在案头供几个佛手和香橼是一件很好的事情，若是在各种花卉你方唱罢我登场的夏天，那香气根本就不会让人们感到有多么好，但在大雪纷飞的数九天便大不一样。

今年南方多雪，北方才下了一两场，而且下得也没什么成绩可言，才一币厚便匆匆化掉，让人感觉北方已经不再是北方。我从小就喜欢在大雪中散步，当然要戴好帽子，光戴帽子还不行，最好再围上一条围巾，不要让雪灌到脖子里。我想林冲风雪山神庙，用花枪挑着个酒葫芦的时候，也一定是戴了帽子围了围巾，如果不这样，雪就不再有什么趣味可谈，只能缩头缩脑，在纷纷的大雪里显得狼狈。今年的冬天，北方虽然没下过几场算数的雪，但年还是到了。初一找出了旧文《压岁》，既说压岁，当然免不了要说压岁钱。自己看看有趣，也算是古人的献芹之意,便把文章拿给朋友们看,也便忽然想起了小时候家大人给的那种小小的金锞子。虽是足赤,其实也不值几个钱,就是好玩。清代的那种金锞子和金元宝不是一回事,我的那三个小金锞子,一个是梅花形,上镌着三字"岁寒友";一个是小元宝状,上镌着四字"及第千金"。还有一个不知被谁在上边钻了一个孔,想必是想穿根绳戴着玩,上边的字是"勤且敬"。唯这个金锞子家大人说好,说做人要勤快,家大人的这话也只说过那么一次,我便记住了。记忆中那上边的孔像是家大人钻的,而后穿了一条细绳,但我从来都没有挂过它。我小时候过年最怕穿新衣,母亲把新衣拿来让我穿,我亦是生气,直到现在,过年的时候,我从来都不会簇新的一个人出现在人们的面前。再说到金锞子,过大年的时候,家大人会把金锞子拿出来给我们,像是一种仪式,过后必会收起,用母亲的话说是"我替你们收着"。金锞子没什么好玩,但还记得小时候家大人说这几个是谁的,那几个又是谁的,那三个金锞子便算是我的私房。但几次搬家,不知道把它们放在了哪里,忽然想起,却再也找不到。昨晚就又找了一下,因为怎么也找不到,忽然就觉出金子的好来,金烁烁的一锭又一锭,虽然小。

古时候把金锞子叫作"金瓜子",可见其小。是我们现在给晚辈发压岁钱,也不会一下给几万,压岁钱不在多,只是个意思。再说到金锞子,《红楼梦》第四十二回写到某某"掏出两个'笔锭如意'的锞子来",第七回中又有两个"状元及第"的小金锞子出现。这些金锞子都不大，都是当作小物件送人的见面礼，并不是过年才会拿出来的什么稀罕宝贝。金锞子可以小到瓜子那么大，和金元宝不是一回事。金元宝沉甸甸的，然而再压手也只是一种货币，金锞子有艺术的成分在里边。从金锞子说到金元宝，如果有人把金元宝和古玉放在一起谈，是让人笑话的。今天已经是大年初二，天还没亮，远远近近已经有人在放爆竹，虽然稀稀拉拉。天亮后，我也许会再找一找，毕竟现在的金店不再做这种东西，即使做出来也没过去的好看，在我的眼里，古人是做什么都好，说我是复古派，我倒喜欢。我现在觉着穿着棉袍坐在那里喝茶最好，如果让我穿了西服坐在那里品茶，我会很不舒服，再好的茶也会马上就没了滋味。

画扇小记

晚上喝茶,读冯梦龙的《挂枝儿》,读到这首,忽然想笑:"壁虎得病墙头上坐,叫一声蜘蛛我的哥,这几日并不见个苍蝇过,蜻蜓身又大,胡蜂刺又多,寻一个蚊子也,搭救搭救我。"真是幽默得很。遂想起那一年在老舍茶馆听京韵大鼓,台上演员居然也唱这一首,只加一两个字却更妙。是这样:"壁虎儿得病墙头上坐,叫一声蜘蛛我的哥哥,这几日啊不见个苍蝇过,蜻蜓个头那么个大啊,胡蜂它刺又多,精精致致寻一个小蚊子儿,哥哥你搭救搭救我。"民间说壁虎本是蛇的舅舅,所以又把壁虎叫作四脚蛇。虽叫四脚蛇,但壁虎还是要比蛇可爱得多,尤其是那种碧绿的小壁虎,几乎可以说是好看。壁虎的好还在于它吃蚊子,家里要是有一两只壁虎,到了夏天几乎都不用点蚊香。但壁虎这厮会坐吗,而且还是坐在墙头上,跷着它的二郎腿?这简直是想一想就让人想笑。昨晚喝着茶,不知怎么就又想到桂林了。那次在阳朔的街上,十月里的天气,不知道怎么会那么热,便拉了朋友去买文化衫。每人买一件,即刻在街头穿起,然后又到处找扇子。街边店里居然有,而且还有白扇,不知谁说白的扇子不好看,便不免要画一回。店里居然笔墨颜色俱全，虽笔砚粗疏，但可以画，因为是成扇，须用手拉拉平，便左边一人右边一人把扇子拉平了，就那样连画了几把。虽不成个样子，亦算是个纪念，其中最妙的一把现在不知是在谁那里，扇子的一面便是画了一只坐在墙头上的碧绿小壁虎，跷着个二郎腿，扇的另一面写了冯梦龙的这首"壁虎得病墙头坐"，一时大家看了都拊掌大笑。晚上吃酒的时候大家还都把这山歌轮着念了一遍，谁念错了就罚酒。时光真是匆匆如梭，历历在目的事想不到俱已是往事旧尘。到了后来，想再画一下跷着二郎腿坐在墙头上的壁虎，却没兴趣。

晚上喝茶，看看书架下朋友拿来求画的扇子，已经好长时间了，都塞在那里，但兴致却没有。这便让人觉得兴致这东西才真正是好东西，人柴米油盐地活着，米多米少不要紧，却万万不可没了兴致，如再坐桂林街头，满头满身都是汗，周围都是朋友，相信兴致即刻便会满满，或许又会即刻画起来，但不知诸友现在都在做些什么。

是为记。

说榆

我对榆树是有点感情的。

现在仔细想想,我家早先那个院子好像只有两种树,榆树和杨树。榆树好像比杨树还要多,除了老高老大的榆树外,院子周围还有不到一人高的榆树墙。榆树极能生虫子,而且是那种个头很大光不溜溜的红色毛虫,说它是毛虫是有点高抬,它身上其实没多少毛,只有那么几撮,那几撮毛又很长,所以它爬动起来就显得格外张扬。它从树上掉下来,先是会缩成一团,然后马上就会把身子舒展一下一下地爬动起来。这种虫子有大人的食指那么粗,如果它爬到街上去,恰巧给过往的车压个正着,会挤出一股白浆,不是一股,是一摊!我最怕的毛虫就是这种,所以我总是不敢往榆树上爬。打榆钱儿的时候这种虫子还没生出来,到榆钱儿落了,榆树叶子老了,这种虫子才会出来。让我害怕的是,一位山东老乡居然说,这种虫子很好吃,并且要用火烤了吃。有一次,我亲眼看见他把这种虫子扔在一堆树叶子拢的火里,过一会儿又把虫子从火里拨拉出来放在嘴里。我问他什么味儿,他说比蚂蚱好,我说怎么个好?他想了想,说:"肥!"

虫子还能以肥瘦论之吗？细思让人反胃。

我喜欢榆树，榆钱儿下来的时候不少人都会去打榆钱儿，其实不是打，是把一大枝一大枝的树枝折下来扛回去。榆钱儿要是能打下来必定是老了，老了的榆钱儿不好吃，吃榆钱儿要吃嫩的，是又嫩又甜。榆钱儿怎么吃？用玉米面和碧绿的榆钱儿和好，稍稍放一点水，和得松松散散，在山西北部叫"块垒"，在山西南部叫"拨烂子"，总之是一小块一小块，绝不能粘连。然后放笼屉里蒸，蒸好俟其稍冷再下锅炒，要放大量的葱花，还要放一点点盐。这种饭，要配上小米稀粥，最好还要有一盘凉拌苦菜，这就是北方的春天了。因为打榆钱儿的关系，我们那里的榆树总是长得很高，细溜高细溜高，树梢上的榆钱儿够不着，没人打，这样的榆钱儿便会慢慢老了，黄了，白了。一阵风过来，像是下雪，飘飘地落下来，春天也就过去了。榆钱儿一落，夏天就来了。榆钱儿只长在成了材的大树上，小榆树行子无榆钱儿可打，常见老头儿老太太在榆树墙那里采榆树叶，像采茶，挑挑拣拣，拣嫩的采，鲜嫩的榆树叶子也很好吃，用水焯一下凉拌了，放嘴里越嚼越黏糊。榆树叶可以做菜团子，照例是用玉米面，掺在一起和好，用两手团成团子上笼蒸，好吃不好吃且不说，颜色先就好看，黄绿相间，格外醒目。

在北方，讲究一点的人家不在家院里种榆树，"榆"和"愚"发音一样。但河北一带又爱在房子后边种榆树，这有个讲头，叫作"后边有余"，过日子，有余就好。

榆树成材慢，能成大材者不多见。晋北的家具，讲究一点的都是用榆木做。"二月书坊"有一晋式炕琴，敦厚大气，就是榆木所做，结实耐用，而且有好看的花纹。南方有一种木材学名叫"榉"，而民间依然叫它"榆"，不过在"榆"字的前边加一个字，叫南榆。

常见有人去剥被砍倒的榆树的树皮，砍了用车拉走，一整棵一整棵的树都给剥得光光溜溜，白得晃眼。榆树皮给剥回去不是烧火，而是吃，把榆树皮晒干，上磨磨成面，再一回一回地过箩，这种用榆树皮磨成的面叫"榆皮面"，这种面不能单独用来吃，是要和在玉米面里，或者是和其他粗粮和在一起食用，再粗的粗粮，只要一和上榆皮面马上就会变得筋道起来，可以压成很细很细的面条，下锅煮了吃。玉米面做面条，而且是细面条，不用问，肯定是里边和了榆皮面。这种面不但筋道，而且滑溜。用白面和榆皮面擀面条，那面条就会筋道得过了头，你挑起一筷子面条，放嘴里一吸溜，坐在对面的人也许马上就会有感觉，说不定已经把面汤弹在了人家的脸上！你看这面条有多筋道！

我喜欢榆树，试着种过几次榆树盆景，但都疯长而不可收拾也。

说佛手

往昔过年过节,母亲总是会买些青红丝回来,而且会拿鼻子闻闻,说这可是真货。我不明白什么真货假货,母亲告诉我,好的青红丝一定要用佛手做才香,才有味,橘子皮做的青红丝味道稍逊。青红丝有什么味儿?像是没什么味儿,但要是把它放嘴里细嚼嚼,味道便会出来,像是只在齿间,清香而又稍稍有那么一点涩。有用白萝卜做青红丝的,那是只能看,味道却全无。广式点心和京式点心的馅都离不开青红丝,腊八粥好像也离不开,一是颜色好,二是给舌头点快感。说实话青红丝也只能用舌头去领略,用鼻子去闻,那真是没什么好闻。当年,母亲做糕馅一定会放些青红丝,端午节吃凉糕,上边也要撒一些青红丝。小时候我不怎么爱青红丝的那股味儿,总是用筷子把它一一挑掉,月饼馅里有那么点青红丝我也会一点一点把它们抠出来。父亲看我在那里往出抠青红丝,会很不满地说两个字:"糟践!"

佛手的香很怪,说它清,它又浓,说它浓,它又很清。你用足了心思去闻,是越闻越没有,你不用心去闻,它会一股一股地往你鼻子里钻。那年在太谷天宁大寺,我坐在寺院西边的方丈室里,鼻子里忽然闻到了异香,仔细找找,是一枚小小的娇黄的佛手,端端正正供在一个豆青的小瓷盘子里。那小盘子就放在窗台上,可真正是一幅绝好的山窗清供图,以佛手做清供,最好能与豆青瓷或德化白瓷相配,才会显出佛手的好看。如不用瓷,用玻璃盘也对路,我常用家藏一只一尺三寸大北魏天青乳钉玻璃洗放四五枚佛手,人人看了都说好,现在想想,倒很想念,那么大的北魏玻璃器现在已经很少见到。虽然那只洗已有大裂,但尚不缺肉,现在再想一见,简直如同隔世!《红楼梦》一书写到探春的屋子里供了一大盘黄澄澄的佛手,我以为那实在是太多了,佛手太多味道太冲,会把人香得不知南北!佛手的香有清冷之气在里边,所以让人觉着好。你要是没闻过佛手的香,你大可以去水果店把鼻子放在橘子堆上领略一下,就那么个味儿,差不多。佛手之所以好,一是因为香,二是因为形好,它那样子,天生就是要人供在那里。每年的年末,我都要买几枚佛手做清供,找一只好看的白德化瓷盘,把佛手放在那里,不能总是用手动它,也不要让别人动它。佛手最怕喝了酒的人去用鼻子闻,用酒气一哈,佛手很快就会坏掉。佛手像佛的手吗?有那么点意思。但我想佛要是真伸出这样一只手来,肯定会把人吓一跳!

佛手很香,但佛手的香是清寒苦涩,这可以和桂花的香对比一下,桂花的香是热香,热烘烘的,感觉是一大片一大片,而佛手的香是冷香,是一股一股。香还有冷热之分吗?怎么会没有。水仙、梅花、佛手的香统属冷香,而桂花、玫瑰、玉兰之属却是热,越热越香,闹哄哄的,那香是扑着你过来,而佛手的香是要你用鼻子去细细寻找。

"岁朝清供"——梅花、水仙、佛手再加上松枝,格调要比其他插花高。但岁朝清供未必就非得这四位出场,常见冯其庸先生在案头放两三枚朱红老黄的大倭瓜做清供,更显得大气而与众不同,也更好看。有一次冯先生让我上楼看他的一枚很大很大的朱红老黄的倭瓜,那瓜可真大,足有小磨盘那么大,简直吓我一跳!当时我在心里想,这瓜要是煮粥,没有一个连的人是吃不完的。还有,娇黄的老玉米,放在豆青的盘子里也很好看。年头岁尾,乡下人把快要干枯掉的老葱栽在盆子里,隔不几天浇点水,用不了多久便会长出颜色特别娇气的羊角葱来,羊角葱炒鸡蛋可真香!

说到吃,佛手可以煮粥。味道怎么说,有人喜欢,有人不喜欢,世上的事其实都是这样,你说好,有人必定会说不好,你说不好,有人必定会说好。有人送拗相公王安石一方上好的端砚,王安石本不愿受此一礼,说这端砚有什么好。送礼者说这砚好在只要用嘴一哈气就可以哈出水来。王安石说:"就是哈出一担水,又有何用!"这真是拗得好!

我个人还是喜欢佛手,每年过年,要是案头没了佛手,就像是少了什么。来了客人,我还会问人家:喝了酒没?喝了酒,就别往佛手跟前凑!

腊猪脸帖

那年去燕子山参加劳动，也就是种树，挖一米多深的坑，一天挖五六个。天太旱，大家对树能不能种活都存怀疑态度，所以都很马虎。中午吃饭的时候，我看见从四川那边过来的民工在用一把大铁剪子"吭哧吭哧"剪什么，看了老半天才看清，他是在剪一片腊猪脸。他以研究的态度剪那片腊猪脸，这边剪剪，那边剪剪。我吃完了饭，急着从食堂出去，想看看这个民工怎么吃腊猪脸。腊猪脸蒸出来颜色十分诱人，红润透亮。这个民工在喝酒，喝几口，搛一筷子腊猪脸，喝几口，再搛一筷子。离老远我都能闻到那腊猪脸的香，很想跟他要一筷子吃！

在北方，几乎没人做腊猪脸，也几乎没什么人做腊肉。做腊肉得要有个"熟化期"，就像欧洲人做奶酪，必须有个熟化过程。北方天气太冷，要真是做腊肉或腊猪脸，一挂出去没几天冻干了，根本就来不及熟化。我自己做腊肉就碰到这个问题，腌好挂出去，过几天就硬邦邦能弹出声响来，好吃还是好吃，但远不是南方腊肉的那个味儿。内蒙古的风干肉，还有西藏那边的牛肉干，都是风干的。我一开始对风干牛肉能不能咬动持怀疑态度，后来一试，一点都不硬，特别酥香，越嚼越多，嚼到最后是满嘴都是,是绝好的下酒物。但味道和腊肉大相径庭,远不是一个味儿!

北方大部分地区都不宜做腊肉,是气候使然。要做也可以,就是麻烦一些:腌好,挂出去,到一定时候再拿进屋让它熟化一下;然后再拿出去,过不几天还要再拿回来,再拿出去……倒腾来倒腾去,麻烦不麻烦?更麻烦的是掉满地油!

我以为,猪头肉是猪身上最好吃的。画家朱新建和李津二位都喜欢吃猪头肉,朱新建据说是大吃特吃,终致吃出病来。画家于水写了篇文章,题目就是《枪毙猪头肉》,我想猪头肉应该缓刑,因为它太好吃。猪头肉刚刚出锅,软烂而有异香,那种口感和腴香在猪身上的其他部位几乎找不到。就酒好,不就酒,夹在山东大馒头里吃也是奇香无比。上海本帮菜里有一道扒猪脸,我每次去上海都忘不了点这道菜,这道菜本是淮扬菜——上海本帮菜的家底子本来就是淮扬菜。但这道菜现在做得越来越软烂有余而不够黏糊。吃猪头肉要吃到什么境界,概不能下手也,下手抓着吃,不等吃完,手指头已经给黏在一处!

《红楼梦》和《金瓶梅》这两本名著都写到了猪头肉,可见猪头肉之不同凡响!用一根柴火就能把一颗猪头煮得稀烂,听起来真是有点吓人,那得多么大一根柴火,从屋顶拆下来的檩子吧?简直是好家伙!一头捅在灶眼里,另一头恐怕还在屋外。

再说腊猪脸。腊肉里边最好吃的还是要数腊猪脸,八个字，是"肥瘦恰好，滋味俱全"。而整张猪脸，最好吃的部位绝不是耳朵，而是猪嘴。说肥不肥说瘦不瘦，一个"腴"字只在此处！吃腊肉，要赶着吃，有人说腊肉越陈越好，那是瞎说，腊猪脸就不能放得太干，用手指一弹"嘭嘭"作响，这腊猪脸便已过了最好吃的时候。如果干到划根火柴就能点着，那还是腊肉吗？那是柴火！

吃腊肉要去南方，四川湖南都好，而吃风干肉要去内蒙古和西藏。风干肉最好是牛羊的瘦肉，没听过风干五花肉。肥肉一是不好风干，二是一旦风干便韧如皮筋，给嘴找麻烦，要是牙口不好，过后还得考虑去镶牙！我去四川，总要背个腊猪脸回来，那次坐飞机过安检，年轻的安检员给吓一跳，连问："什么东西？"我大觉奇怪："你是四川人，难道都不认识这物件？"

豆面

晋陕两地偏爱面食由来已久,用来吃面条的碗也大。民间窑烧的那种蓝花大碗,大小几乎像个小盆子,端这样大的碗需要手劲好,一只手不行,要两只手一齐上阵。以这样的大碗吃面,我想会把上海和广州那边的食客吓坏。上海的葱油面好吃,但碗太小,吃两碗不够,再来两碗好像还不够,但不好再要,看看周围,虽不尽兴也只好打住,怕把旁观者吓坏。说到吃面条,要想尽兴最好去晋陕两地,人手那么大一只大碗,谁也别笑话谁。挑面喝汤,此起彼伏,直吃得山呼海啸,人人满头大汗!吃饭能有如此声势,唯有晋陕!

我小时候在家里吃面条,家大人总是说:"小点声,小点声,别呼噜!"但直到现在,我都不会一点点声音都不出而把一碗面条吃完,尤其是吃豆面的时候,我就更不会斯文,为什么?因为豆面香!各种的粮食里边,最香的就是豆面。北京小吃之"驴打滚",外边裹的那一层就是豆面。而我母亲做的驴打滚更香,是先把黄豆炒了,再用臼把炒过的黄豆捣得粉粉碎,粉粉碎之中又有一些粗一点的小颗粒。用这样的豆面裹在黄米面做的卷上吃起来可真香,就像在牛排上边撒一些粗颗粒的胡椒一样。如果把驴打滚外边蘸那层豆面换成是芝麻盐,虽说芝麻要比豆子香,但味道却完全不是那回事!吃驴打滚而蘸豆面最好用黄豆面,绿豆面就不行,绿豆可以做绿豆糕,夏天吃了可以下火,小时候每年夏天母亲都会给我吃几回绿豆糕,甜甜的、干干的,噎嗓子,虽然比不上其他点心,但也不错。绿豆还可以做绿豆粉丝,而在我们晋北,是不吃绿豆粉丝的,纯粹的山药粉丝要比绿豆粉丝更好。而吃面条却非要用扁豆不可,最好的野扁豆颗粒很小,刚好和子弹屁股后边的引火那么大,既扁且不平整,有点像鹰嘴豆,这样的扁豆磨出的面最香。豆面和白面不一样,不能像和白面那样子又揉又和,虽然也可以一半白面一半豆面掺在一起那么擀着吃,但豆面最好的吃法是上抿床抿。豆面要和得很稀,上抿床抿成一只只小蝌蚪的样子,荤素皆宜,滑溜好吃。我个人的习惯是喜欢喝面汤,俗话说:"豆面汤,十里香!"只有煮过豆面面条的汤才香,如果用豆面打一锅糊糊,虽然比豆面汤稠得多,但就是没那个感觉。

  豆面好吃,但不宜多吃,连着吃几天,人会变成"屁篓子"。人人都会放屁,但不停地在那里放就不好了,不雅。豆面除了做面条,蒸馒头也大好,豆面里掺一小半白面,蒸出来的馒头没有不开花的,颜色虽然不那么白,但真是香,是一种特殊的香。我现在十分想念豆面馒头,但就是吃不到,小时候,我总是嚷嚷着要吃豆面馒头。那时候吃早饭,把一个豆面馒头放在炉子上烤,烤得黄黄的,味道就更香,这必定是冬天,如果外边凑巧下着雪,捧着一个这样的馒头,一边吃一边守着火炉读一本书,现在想想,简直都成了一种境界!

说香椿

在我的印象里，延庆人像是特别能吃树叶，也善吃。那次和华夏在延庆吃饭，我数了数，桌上差不多就有四种树叶，树叶好吃不算好吃，但也不难吃，如与大鱼大肉搭配在一起，还会变得十分好吃，如单摆一桌子树叶，一盘一盘的都是树叶，那就会是一桩苦差事。

各种可以吃的树叶里，我以为香椿最好吃，几乎可入珍馐之列。香椿刚下来的时候是紫巍巍的，颜色真是好看，这时候的香椿也最嫩。切碎了炒鸡蛋最好，亦最香，香椿炒鸡蛋卷薄饼很好吃，比春饼好。香椿的那个味儿有人喜欢有人不喜欢，但喜欢的人还是居多。卖香椿没有论斤论两地用秤称，都是一小把一小把地卖，买香椿的也不见一买一大捆，再说香椿芽也捆不成一大捆，香椿是稀罕物，是尝鲜，是少许胜多许，没见过谁家每人捧一大碗香椿在那里大吃特吃，以拌那么一小碟放在桌上大家吃为宜，是少了才香。香椿这东西，在我们那地方也就这几种吃法。一是香椿炒鸡蛋，黄绿相间，看着就好；二是香椿拌豆腐，香椿先用开水焯一下，紫色的香椿芽一焯便变为碧绿，以其拌豆腐，加一点香油和盐，是一道下酒的时令菜；

三是香椿切碎了用盐腌一下,吃面条,也不错。这都是香椿还嫩的时候,香椿一旦老大,叶子展开,便可以用面糊拖了用油炸了吃,有几分像日餐里的"天妇罗",味道很冲、很香,就酒也不赖,嚼之有声,不就酒也好。

那年我在太行山里,晚上出去散步,看见一家小店铺里还亮着灯,有人在灯下做活计,用盐揉香椿。我当时就想带些太行山的香椿回去,那家的女主人让我明天来取就行。香椿用盐腌好可以吃很长时间,腌过的香椿从颜色上看像是老砖茶的叶子,吃的时候加一点点香油,真是耐嚼,越嚼越香,味道很是特殊,比鱼腥草好,最宜下酒。

在南方,很少见到香椿,也卖得很贵,小商小贩也不愿千里迢迢把香椿拿到南方去卖,我想还没等到地方,香椿可能早已经给捂坏。很奇怪的是,在我们山西北部,有臭椿,就是没香椿。臭椿这种树,完全是自作主张想在哪儿长就在哪儿长,没人去种,忽然,咦?怎么这地方出了棵臭椿?咦?怎么那地方也出了一棵?好家伙,房顶上居然还有一棵!臭椿的叶子不能吃,但也不难看,披披纷纷直堪入画。但晋北也不是完全不可以长香椿,大同西街华严寺方丈的窗外就曾有过一棵,但总是长不高。那张姓的方丈和我的关系很好,几乎是年年都会给我一点香椿芽,那棵香椿树太小,上边能有多少香椿芽呢?那点点香椿芽真是让人感念。这棵香椿树后来还是死了,山西北部的气温太低了,有时候会冷到零下三十五六摄氏度。有一个故事是，某户人家的小媳妇受了委屈，不敢在屋子里哭，只好跑到屋外，哭着哭着忽然睁不开眼了，眼皮早已经给眼泪冻住了！

香椿很香，但除了炒鸡蛋，没听过有谁把它和肉丝一起炒的，我也没吃过。也没听人说过用香椿包饺子包包子。直到现在，光看树干和树叶子，我还是分不出哪棵是香椿哪棵是臭椿。香椿树上长一种虫子，是甲壳虫，红褐色，据说用油炸了很好吃，比蝉好吃。

香椿和臭椿属不同科植物，虽然叶子极为相似。臭椿树为奇数羽状复叶，香椿树是偶数羽状复叶；香椿的果实为蒴果，而臭椿的果实为翅果，秋风一起，打着旋儿往下落的就是臭椿树的果实。小时候我们把它叫作"螺旋桨"，从地上抓一把往天上一扔，看谁扔得高扔得远，扔得越高飞得越好看。臭椿树的叶子很臭，但它的果实可能不臭，羊很喜欢吃臭椿的果实，常见一群羊聚在臭椿树下，你挤我我挤你，嘴头子都动得很快，吃得非常认真。

寻常粥话

说到粥，人人都会喝，但未必人人都会熬。

从小到大，我家寻常喝的粥是大米粥和小米粥。腊八粥每年只喝一次，里边什么都有点：小红豆、小豇豆、花生米、瓜子仁、红枣或许还会有葡萄干，喝的时候再加糖，最好是红糖，所以印象比较深。但说到好，应该是素粥，我母亲把它叫作白粥，也就是除了米什么都不再放。如果放了绿豆就叫作绿豆粥，放小红豆就叫红豆粥。大米粥和小米粥，我偏爱小米粥，几天不喝便像是少了什么。我家早上一般不喝粥，一大早就起来熬粥是没有的事。我家习惯夏天喝绿豆粥，到了冬天，有时候会喝山药粥，紫皮山药切大块，到粥煮到差不多的时候再把它放进去，山药要煮到烂，但不能烂到看不到山药块，这样的粥，临食之时还要炝些葱花，如果外边风雪交加天寒地冻，有时候会用羊油炝葱花，味道会更冲，更惹人食欲。但这样的粥要趁热喝，喝粥的嘴不能再派作它用，只管不停地喝就是，借用古汉语一个字，就是"啜"——啜粥。喝粥，照样要有下粥的菜，咸菜酱瓜最好，六必居的八宝菜是上上选。如果是晚上，不再吃别的什么，我会连喝三碗，然后去读书写东西，我很少看电视，这样的冬夜，三碗粥下肚真是合适。

关于喝粥，民间有句话是"宁肯人等粥，不可粥等人"。也就是说，粥一熬好就喝，不要搁着，粥一凉，再加热就不是那回事了。凉粥不好喝，也没听过谁喜欢喝凉粥。但现在到饭店吃涮羊肉，吃到快结束，店家会赠送一碗糯米凉粥，稠而甜，也不错。平时在家里，一般人即使是夏天也很少喝凉粥，喝粥就要趁热。

小米粥好喝，从南到北没有不喜欢的。北方的做法有两种，一种是小米下锅直接熬，一种是把小米放在砂锅里然后放在灶上"炕"，把小米"炕"得金黄金黄，再下锅熬。这种粥闻起来就有一股特殊的香气，是焦香。如果没时间"炕"，把小米放在锅里炒几铲子也可以。我个人不太喜欢这种粥，我对食品的要求是要存其本味。

喝粥最好要锅大人众，两个人或一个人的粥最难熬，一小把米是永远熬不出好粥的。

粥是中国最普通不过的饭食，但不是人人都能熬得好，要得法，而这法不是人人都知道：一锅粥如用十成米，要分两次下，锅里水开先下三成米，这三成米要一直熬，一直熬到米烂为止，然后再下另七成米，这七成米熬到米烂开花，先下的三成米和后下的七成米已经熬到黏糊在一处，这粥才算熬好，这样的粥是既黏糊又不至于烂到没有一颗米。如果粥熬到连一颗米都看不到，便不算是一锅好粥，不见米粒的粥和糊糊有什么差别？好粥是要既有米粒在，又要十分黏糊。这就是熬米粥的秘诀。

外出开会，到了吃晚饭的时候常见有人不去餐厅，却往宾馆外边走。你问他干什么去，他回答道："找碗粥喝！"

大雪帖

"大雪"这个节气很富有诗意。试想早上一起来,从屋里推门推不开,从窗子里朝外望望,原来是一夜大雪封了门。人需要从窗里跳出去扫雪,把封门的大雪扫开,人才能从屋子里一个接一个地出来。这样的早上,随便望空一喊,或者是哪怕咳嗽一声,声音也会显得格外清亮。大雪之后的清早,不知为什么总是能听到喜鹊的叫声,也是格外的清亮好听,"喳喳喳喳、喳喳喳喳",喜鹊要么不开口,一开口就是连叫四声,叫两声的没听过,叫三声的更没听过。它落在树的最高枝上,在大雪过后的清晨,尾巴一点一点,喳喳喳喳、喳喳喳喳什么意思呢,没人知道。但总是喜庆的、好听的,没人不喜欢喜鹊叫。而老鸹的叫声却往往是一声或者两声,成群的老鸹从空中掠过,它们是你一声我一声地对答交谈,好像是在高空中讨论着什么,"哇——""哇哇——"也不知道它们到底是什么意思,它们叫着飞着就那么飞远了,也不管人们在下边有多少想法有多少疑惑。人们看着越飞越远的老鸹,都会在心里想,它们这一天一天地飞来飞去,到底是去了什么地方?到了晚上,它们又飞着叫着飞回来了,它们晚上住在什么地方?我知道它们的家就在离我家不远的医院附近，医院附近的那些树上一到了晚上就会落满了老鸹，几百只，或者比几百只还多。有人到那些树下去扫老鸹粪，一扫就扫半筐，据说这些老鸹粪能治眼疾，但怎么治，谁也说不清。弄些老鸹粪直接抹眼睛上吗？我问过几个中医大夫，但他们都说不知道。这种事问西医可能也不行，西医不懂这个。西医懂X光，你到医院去看病，西医大夫一准会先让你去照X光，他们哪会知道这种事。有人说这事得去问"大仙"，但现在去哪儿找大仙？我东北老家的萨满也许知道，但买张票回去就为了问问这事也不值得，所以直到现在我还是不知道那些老鸹屎被拿去做了什么。

下大雪好，我从小就喜欢下大雪。一下大雪就可以出去堆个雪人，找根胡萝卜当鼻子，找两个小煤球做眼睛。大雪这节气有一点不好，就是到处都能听到猪叫。这个节气是杀猪的正经节气，在鄙人的东北老家，要吃杀猪菜，但那锅酸菜炖猪肉是能吃不能看。那么老大的一个锅，里边"咕嘟咕嘟"满满炖的都是酸菜和猪肉。平时那大锅里煮的可是猪食，里边烂白菜叶子的什么都会有。酸菜炖猪肉据说是越炖越好吃，但我不喜欢。大雪一过，就可以蒸黏豆包了，豆包师傅这几天是最忙的时候，他是被人们到处请去给人家和面，他只负责和面，头天和好面，隔一晚上第二天再来看看面发好没有。"发好了，蒸吧。"他一声令下，这一家人就得忙一整天。多少黏高粱配多少白面居然也是学问，你去问大学的教授，他们也说不出来。做黏豆包在东北是件大事，一冬天吃的黏豆包要一下子全部蒸出来，然后全放到院子里去冻。豆包师傅也不收什么工钱，顶多是拿些黏豆包回去给他老婆交差。

今天是大雪，外面照例传来了喜鹊叫声，一连四声，真是清脆好听。太阳现在也出来了，说是大雪，但老天爷连一点下雪的意思也没有。

春之色

关于春天的颜色,王安石曾经说过:"春风又绿江南岸。"这七个字来得真是浩荡,自从他写过这样的一句,别的人再也作不出像样的句子可与之之相比。想当年他坐一只小船浮拍在江上,除了看看两岸山色,想必还会喝喝酒,或再吃点什么。我是没有学问的人,至今都不知道宋朝都有些什么吃的,尤其是拿什么东西来下酒。因为这个问题我最近还特意查了一下花生的历史,因为花生是下酒的好东西。花生传入中国要比胡豆晚,大约在一五三〇年,先是传到了中国的沿海一带,然后才大举进入内地,所以说王安石并没有吃到过花生。日本的花道家田中昭光说,迎接春天到来的花大多是黄色,他这话说得是极有道理,是观察过的,不是信口胡说。一年四季先开的蜡梅就是黄颜色的,从没听人们说过谁见到过红色的蜡梅。蜡梅之后的迎春也是黄的,迎春开花是泼泼洒洒,是左泼一下,右泼一下,这里泼一下,那里泼一下,不知道它是从什么地方搞来的那么多颜色,到处泼来泼去,于是,春天就给它们这一泼两泼地泼来了。我这个人,是看到花也会想到吃,但我不知道迎春花可以不可以吃,如果它也能够像藤萝那样用来蒸藤萝饼,就好了。还有田头那些俗称"婆婆丁"的蒲公英,自然也是黄的。蒲公英的花可以吃,一小朵一小朵拖了面糊炸出来——起码是不难吃。日本人不管什么都用来做天妇罗,这个叶子那个叶子,或者是一大段亮紫的茄子,照样也会被放在面糊里拖拖放油里去炸。还有黄瓜花,居然也可以做天妇罗,完全取决于天妇罗师傅早上起来在菜地里碰到了什么。

黄颜色鲜明爽利,让人眼睛舒服。日本作家田山花袋在他的一篇小说中这么写道:"主人公躺在那里,两眼望着外边,对他的女朋友说:'等到油菜花开过后我再死吧,我要再看一次油菜花。'"什么是诗意的人生,这才是诗意的人生,在生命快要走到尽头的时候还记着花。

油菜开花,动辄是一大片一大片,黄得让人心亮,所以各地都好像有油菜花节。油菜花的最终作用当然是结籽榨油,我吃的油里边以菜籽油居多,从小就吃这个。说它好,它好像又太普遍了,让人想不出它的好,说它不好呢,老不吃还想得慌。

夏日冰

那年在承德，看到人们开着大解放车从冰窖里往外一车一车拉冰，才知道冰原来也可以放到窖里储藏。据说可以放一年，冬天储存好，到了夏天人们再把它们从窖里取出来做刨冰，用那么个小碗，里边放点葡萄干什么的，很好吃。到了夏天谁不爱吃点凉东西？只是不知道承德的那些冰窖现在还在不在。但我还记得那个冰窖，在去外八庙的一个高土坡上，车可以直接开进去，想必里边很阔大很深，而且还凉飕飕的，但冰在里边怎么放我就不清楚了。在日本，到了冬天也要储存冰，在选好的河里取冰，用锯把冰锯成长方形冰砖，然后拉走。据说他们藏冰要用土，一层冰一层土地码起来，也是到了夏天再把这些储存好的冰卖出去给人们做刨冰。日本跟中国一样，到了夏天街头有不少卖刨冰的。卖刨冰的小贩使一个很锋利的铲，一下一下从整块的冰上往下削冰末儿，用一个纸碗在下边接着，也是往里边掺一些甜甜酸酸的东西，或在冰上浇一层红豆泥。红豆泥当然是甜的，起码我是没吃过咸的红豆泥。我爱人很会做红豆泥，锅里放很少的水，但那豆子居然很快就被煮熟了，但说"煮"也不对，是"烀"。我们这地方把煮豆子叫作

"烊",东北那边也叫"烊"。东北和山西最北部的古平城有许多语言相通,据说是因为一千六百多年前鲜卑人在这地方建过都,而且为时不短,整整九十六年,差不多一个世纪。那年这地方搞城建,挖出了不少东西,我记着有很多的鹿角,但人们都不清楚古时候的人们搞那么多鹿角做什么,一时说什么的都有。有两种说法比较靠谱,一种说法是御厨在这里,但御厨用鹿角做什么菜?这人们又说不上来了。另一种说法是北魏的医药局在这里,所以留下这么多鹿角。平城以西,在接近西山的地方有个叫"鹿野苑"的地方,曾经是北魏皇家的狩猎场,但现在什么都没有,既没有鹿,也没有别的什么东西,比如野猪狍子什么的。但野鸡还是很多,在野外草地上行走,忽然,吓你一跳,从你的脚边"呼噜噜噜"飞起一只野鸡来,或是一群,你根本就看不到它们,它们居然就从你的脚边飞起来。我的两位兄长都喜欢打猎,我认为这是遗传,因为我的父亲就喜欢打猎。但我的父亲比我的两位兄长走得远,我的父亲去内蒙古草原去打,走两三天,有一次他扛着一只黄羊回来,血淋淋的一只,用麻袋包着,父亲直把它扛到屋里来,"扑通"一声把它撂到火炉子边上。黄羊肉不好吃,不知道怎么有点酸,那是冬天。我的兄长他们都有很好的猎枪,但有一年政府下命令要人们把枪都上缴,那就上缴呗。我的两位兄长可真都是很善良的人,他们连架都没打过,要打,也只会和自己老婆打,我们这地方把跟老婆打架叫"干仗"。虽然滑稽,但想想这种举轻若重的说法对男性可以起到某种安慰作用,所以我表示理解。

有人告诉我承德那些藏冰的冰窖过去都是专供皇帝用的,跟老百姓无关,北京据说也有好多处冰窖,不用问也是专供什么人的,"专供"这个词现在变成了"特供",听上去更厉害。

说到夏日的冰,一般人都不会整块整块买来"咯嘣咯嘣"放嘴里咬着吃。在印度,街边到处是让人眼花缭乱的各种摊儿,每隔一段距离就会有一个卖刨冰的,他们用的是木匠的刨子,只不过是把它们放个底朝天,固定在那里,小贩一只手拿起冰块在上边反复推拉,另一只手里拿个杯子把刨出来的冰末子接住,然后再往冰杯里加点这个再加点,那个做好后递给旁边等着吃它的人,我站在旁边往往会看良久,被小贩的飞快动作搞得眼花缭乱,也想来一杯试试,但一想,那个"万人杯"你用了我用,我用了他用,始终不敢上前一试。

卫鸦在印度待了好长时间,说那边的东西很好吃,这把我吓了一大跳。想必他除了吃印度的稀糊饭还用了不少次那种万人杯,这得有多么雄壮的胃口。

向卫鸦致敬。

日常帖

我的日常生活就是早上一起来就去写字,写字的时候往往还没洗脸,每天都会写几张几乎是正方形的那种元素纸,然后才去洗脸,一边洗脸一边看看已经张贴在墙上的字,自己给自己找找毛病。洗漱完之后去画画,有一阵子,几乎不用想,天天早上一起来就画工虫、蜻蜓、螳螂、蜜蜂、蚂蚱,我很少画蝴蝶,蝴蝶看上去好看但很难画好看,色彩越是漂亮的东西画出来往往越不好看,比如锦鸡,可真是漂亮,但画出来就不好看。孔雀也一样,画老半天,费不少颜料,挂出来一定是很像大花被面。牡丹画一枝两枝两朵三朵可以,如果六尺整张画一大幅,张挂起来,可不就像是乡下人喜欢的那种大花被面。我有一阵子是天天画梅花,每天画一幅,画完才去吃早饭,我画梅花是从不用胭脂,只用赭石,点花朵也用赭石,染老干也用赭石,趁老干上的赭石还没干,赶紧再往上加一点点三绿,赭石加三绿可真是好看,梅枝转绿的那种气息一下子就出来了。画梅花所用的时间会短一点,如果画工虫就比较费时间,我画工虫,一般是用三平尺或两平尺纸,而且只喜欢用生宣,一张纸上只画一只虫子,现在已经积攒了不少在那里,画虫子的时候心里就想着,我一旦死掉我女儿会把它们慢慢卖掉,用以贴补家用,所以画得十分工细。

我每天先写字画画,画完画,去给阳台上的花浇浇水。有一阵子,我决定从此不再种花了,我决定种菜,想了想,决定种西红柿、青椒、豆角、茄子,从花市那边买菜秧子,还买了不少那种用羊粪做的农家肥,还有各种搭架子用的材料,豆角、西红柿、茄子和青椒,都需要搭架子。但阳台上种菜实在是不行,生虫子。不知从哪里来的那么多的虫子,翻开黄瓜的叶子看看,有密集恐惧症的我被吓了一大跳,叶子背后已经布满了虫子。各种菜里边我特别喜欢茄子,喜欢它的那种颜色和它特殊的形状。前不久我去重庆的大渡口,那边有个地名居然叫"茄子溪",我一下子就记住了这个名字,而且最近就用这个"茄子溪"为题写了一篇小说。好的题目或地名一下子就能让人记住。云南有个地方的名字叫"养龙所",我想这个名字太特殊了,如果在过去,这个名字一定不会存在。

在北方,秋去冬将至的时候屋里最让人难受,真是十分的冷。我一直住着的那套老房子由于年久失修,有暖气也不暖和,我就和爱人商量着搬到另一处房子里去住,那边暖和些。冬天和春天不一样,春天来的脚步要慢一些,慢慢地往过走,冬天却是要不来就不来,要来一下子大步大步过来了。我虽然已经搬到了另外的住处,但还是会经常回去取东西。有一阵子下过了一场雪,地上都结了冰,我忽然想到了老房子大露台上边的那些花草。我在露台上种了不少花花草草,薄荷就有十多盆,春天来的时候我会用它来炒鸡蛋,味道不错。我还用薄荷试着包过饺子吃,完全不行,我这饺子是清凉油牌的。但下面条的时候在面里放点薄荷还真不错。到了云南,几乎什么菜里边都要放点薄荷,但比起折耳根我还可以接受薄荷。

后来我就不再在阳台上种菜,只种各种花。我喜欢那种蓝色的和黄色的野菊花,居然从网上买到了种子,这两种菊花开花真迟,深秋才开始想起开花,一小朵一小朵的花,真是碎叨叨的,但不难看,也好闻。忽然间,不知从哪里一下子飞来了那么多的蜜蜂,一夏天它们都不知去了什么地方。现在它们出现了,小菊花加上小蜜蜂可真是热闹。下过了一场雪,地上到处结冰,我忽然想起了它们,忙赶回去看,发现露台上的花不是冻死而是早已全部干死了,这真是一件让人难过的事。我对那些枯死的花连连说,对不起,对不起。我在心里想,它们明年还会不会重新长出新苗?菊花应该会,也希望其他的花也会。

"对不起,明年见。"我听见自己说。

人和花是有爱情的。

松竹梅

马上老弟,你说最近要从南面过来,问我可有什么喜欢的东西可以带给我。

现在已经是年底了,虽然没有下过像样的大雪,但天气却突然大冷起来,昨天和前天的晚上居然零下三十二摄氏度,今天是冬至,按照老天爷的习惯,北方应该在数九之后才会大冷,一下子冷到这样,真是让人想象不到。我已经把皮衣找了出来,是一件去年爱人给置办的貂皮大衣,我想也不是什么好貂,但穿在身上着实是可以抵挡外边的风寒。这么早早地就穿起貂皮,在北方也是不多见。所以,你要是真想绕道过来看我,最好有所准备,起码要穿厚一点,才不至于冻到在半道上做筛糠状。

你问我想要什么东西,你还特地说到了"八宝印泥"。八宝的印泥我已经有几盒,但平时都不用,因为八宝印泥太夺色,一幅画挂在那里它那个红显得特别的扎眼,所以我一般只用朱磦,颜色更优雅一些。

这次你回来,我忽然想让你带两件东西给我。一是梅花,我知道现在还不是梅花开放的季节,但蜡梅想必差不多快要开了。那年我在昆明,秋雨绵绵的,居然看到了蜡梅在雨中开着。还有一次是在泉州,居然也是在秋雨中看到了它,花朵不大,小小的,但很香。而且我还记着那次是在著名的草庵寺。

你这次回来,我只要一两枝蜡梅,你用个大一些的纸盒子把它带回来就行,因为是坐飞机,就不要特殊处理,你放心,它不会在半道上干死掉。现在说到梅花,当然只能是蜡梅,正经的梅花现在都还在梦乡之中,想都不必去想。还有,除了梅花之外你再给我折一两枝竹子来,就道边的那种小细竹就可以。

这是我今天早上一起来就想到的事情,我要在这个岁尾插一个松竹梅"岁寒三友"出来,花瓶已经准备好了,是用一个大号的日本备前烧的花瓶。备前烧的特点我也跟你说过,朴素之中有许多让人意想不到的变化。备前烧一般是不上釉的,所以它呈现出来的颜色是泥土和火的杰作。我这只备前烧花瓶上有许多蟹目,也就是连着烧十多天才能出现的那种非常美丽的结晶体,就跟螃蟹的小眼睛一样,白白的一小粒一小粒,特别好看。

"岁寒三友"原本是极为传统的题材,无论是插花或画画都是常见的,但常见的东西未必就不好。还有就是松枝,这个好说,我院子里就有,我去折一枝白皮松的细枝就好,你也知道,我对白皮松是情有独钟的。这几天我院子里的那棵白皮松的叶子已经绿到发黑,越发显出它于西北风中的凛然,你冷你的,我依然绿着!这我是喜欢的。

听说你马上就要回来,酒我已经准备好了,你问我都想要些什么,我也想不起别的什么想要的东西,其实有你在一切就都有了,但你看——我还是想到了梅花与竹子,因为这两样东西北方没有,起码我这里都没有。

好了,就到这里。

说元宵

春节应该说是中国最长的节日，民间总是要从腊月三十开始把这个节日一直过到正月十五，是整整十六天。过了正月十五，一切才慢慢恢复正常。年三十是在家里热闹，是合家团圆，以吃为主，菜品是多多益善，只要想到的，似乎都要摆出来吃一下，唯恐落下什么。到了正月十五就把这热闹转移到户外，叫"闹元宵"，舞狮子、舞龙灯之外还有高跷和旱船。更重要的节目是看花灯。古典小说中多有描写元夜看花灯的盛况，把孩子挤丢了的事也大多发生在元宵夜。要不是看花灯，不那么人挤人，《红楼梦》中的香菱也许不会有那样悲惨的命运。

北方的二人台小戏《挂红灯》是写小地方的热闹，是民间的趣味。泼辣的风致，一生一旦，跳来唱去，要把各种的灯都一一数到：白菜灯、芫荽灯、茄子灯、黄瓜灯、萝卜灯、倭瓜灯、连三赶四的流星灯！但我没见过芫荽灯，芫荽叶子碎糟糟的，怎么做这个灯？芫荽灯什么样子，让人想象不来。元宵节看灯，就是要看一看民间的风致，看一看民间的热闹。那年在扬州看灯，千里迢迢地赶去，瘦西湖两岸一路挂下去，都是些红纱宫灯，虽制作精致，但究竟没什么看头。我以为，最好不要看这种灯,而是要看民间的手艺活儿,看民间的巧思妙想。

小的时候过元宵节父亲是要给我做灯的,他做得很简单,用个空罐头瓶,外边糊了红纸,红纸上剪了五角星,里边再点个小小蜡头。我就是挑着这样的灯在元宵夜跑来跑去,得到极大的乐趣。

"去年元夜时,花市灯如昼,月上柳梢头,人约黄昏后。今年元夜时,花市灯如旧,不见去年人,泪湿春衫袖。"欧阳修的这首《生查子》虽然有些失落和伤感,但还是有大热闹在里边,既有花又有灯,当然还有熙熙攘攘看灯的人,民间有句话是:红火不过人看人!这一句话写尽了元宵夜的热闹,看灯倒像是在其次了。闹元宵,让人心动的是街市上人山人海万人空巷。我女儿小的时候,我曾把她架在脖子上去看灯,回家发现她脚上的一只鞋子已不知去向。

元宵节必吃的是元宵。北方做元宵要用笸箩摇,先把元宵馅做得,也就是先把糖和各种果仁放在一起熬好,趁热把它擀开,再切成骨牌骰子大小的块,然后放在面笸箩里摇。一个大笸箩,两个人各执一边地摇,元宵摇好了,这两个人也已经给摇了出来,满身满脸的米粉。北方这种摇出来的元宵耐煮,口感好像赶不上南方包出来的元宵好,但可以做炸元宵。煮好,凉一凉,再入油锅,别是一个味儿。南方的元宵好像不能炸,也禁不起炸,但元宵我以为还是以煮着吃为好,吃过元宵,再来一碗元宵汤,很好。

我请印度朋友在家里吃元宵，他问我为什么元宵节这一天必吃元宵，那天正好月亮已经升起来，我就把窗外的月亮指给他看，他还是不明白，摇头。不明白就不明白吧，民俗的事一下子还不好说清，你对他说天上的月亮是圆的，而我们要吃的元宵也是圆的，他肯定还是不会懂，你若再告诉他中国人过日子要的就是圆圆满满、团团圆圆，他也许还会莫名其妙，这和碗里的元宵有什么关系？就好像我们不太明白国外的万圣节为什么非要和南瓜过不去，把它们挖来挖去，再在里边点那么一支蜡烛。

各种元宵里边，我觉着还是赖汤圆好吃，吃的时候蘸那么点麻酱，味道卓绝。

北方早些年有用黄米面做元宵的，味道是另一回事。这种元宵太结实，有时候使筷子都夹不开。我还吃过大米面做的元宵，好不好？也挺好，那时候也吃不上什么好东西，有大米面元宵就已经很好了，但大米元宵就是不能久煮，煮久了便成一锅汤。

我常想，欧阳修是在什么地方过的元宵节？他的诗里居然还会有"花市"，比我们现在还绮丽十分！去花市看灯，是在广州吗？欧阳修去过广州吗？好像没有。

宁武蘑菇帖

华严寺的素斋很好,但我每次在那里吃素斋,面对一只大碗、一双筷子,心里都在想,出家人的日子毕竟还是清苦,一日三餐,最好的东西莫过于豆腐、面筋,再加上蘑菇。出家人不吃肉,如果说出家人的饭菜里有"肉"的话,那就是蘑菇。蘑菇这东西很怪,一下雨就出来了,说不定是在什么地方,房梁上都可以长。但要是说到吃,绝不是什么蘑菇都可以吃。蘑菇还有个特性,干制的好吃,鲜蘑菇什么时候都比不上干蘑菇香。香菇是这样,东北的榛子蘑是这样,口蘑也是这样。东北有一种蘑菇颜色简直是红得没道理,名字遂叫"红蘑",这种蘑菇好看,吃起来肉头儿,但你要是闻,简直是没什么味儿。东北人特别看重这种蘑菇,来了贵客动辄要上红蘑——猪肉炖红蘑!但我以为东北的蘑菇还是以榛子蘑为最好,以其炖小公鸡,味道殊绝。而红蘑,可以说是在吃颜色,一盘菜端上来,红彤彤的,惹人食欲。

蘑菇这东西,全国到处都有。去云南,蘑菇铺天盖地。牛肝菌更是肉头儿,闭上眼放嘴里感觉一下,像是在吃肉。以牛肝菌炖牛肉算是绝配,一时分不出哪是牛肉哪是牛肝菌。云南的菌类最好的，我以为还不是竹荪，竹荪几乎没什么大味儿，只是口感特殊再加上样子特殊，像一把小小的伞。说到味道，我认为鸡枞是菌类的状元。我经常在北京大栅栏里边的云南商店买一小方瓶罐头装油浸鸡枞，以其就刚出锅的大馒头就算是一顿饭，很香。那时候我很能吃辣，早餐要一碟子油泼辣子过来，把馒头掰开，一筷子一筷子地把油泼辣子抹在上边，那个香，直把旁边的人看得目瞪口呆。

蘑菇是菜里边的肉，这么说是对的。菜里边只要放了蘑菇，味道便像是一下升了级。蘑菇以香气分，香菇和蕈算是一种，鲜的时候也比较香，以鲜香菇炒小油菜，火猛油大顷刻便得，味道很是浓厚。菜市场上经常见的平蘑和圆溜溜的白蘑就没那个味儿。印象中，寺院中的蘑菇总是好的，总见寺院膳堂前边晒着一竹匾一竹匾的黄花或蘑菇，是寺院里的和尚在山前山后采的，味道想必和菜市场的大不相同。

山西是出好蘑菇的地方。五台山的台蘑和离山西只一步之遥的张家口的口蘑，都是蘑菇中的翘楚，如果说口蘑不能算是山西的特产，那就不妨再加上宁武芦芽山的银盘大蘑菇。那年我开会住在宁武宾馆，没事去院里走走，厨房里的人正在择菜，我看到白晃晃那么大一个蘑菇，几乎都有小脸盆那么大，吃了一惊，才知道宁武的蘑菇可以长到这样大。芦芽山原始森林的蘑菇种类很多，其中要数银盘蘑菇最好。最大的银盘蘑菇据说比我看到的还大，怎么说呢，有人上山采蘑菇遇到了雨，便随手拿一个蘑菇顶在头上当雨伞,你说大不大?银盘蘑菇和口蘑一样,也是要干制了以后才香。那年宁武朋友送我一口袋干制的银盘蘑菇,我把它背回家吃了半年。吃面条,吃素包子,炖羊肉最好,香气四溢,银盘蘑菇炖羊肉吃莜面饸饹很香,以发好的银盘蘑菇干煸牛肉丝下酒也不错。相比口蘑,宁武的银盘蘑菇更大气。口蘑好,但洗起来太麻烦,太浪费水,现在饭店里有一道菜是扒口蘑,从颜色到口感都差得太远。真的好口蘑是白的,不能说雪白,但总不是乌糟糟一片。好口蘑最好还是别做扒口蘑,不光是浪费,是扒不来。银盘蘑菇却能扒,一个大银盘蘑菇切条能扒一大盘!看相也好,虽说是一道菜,却大有气势。吃菜要气势吗?当然要,一个大男人,吃饭像小鸡啄米,你说好看不好看?许多人都喜欢日本料理,我就不喜欢。日本松茸,上来下去就那么几片,给眼睛看一下还可以。我喜欢读《水浒传》,里边的英雄好汉,论吃相个个都好,一个人来二斤牛肉几十只鸡子儿,就着大碗的烈酒,那鸡子儿流星赶月般早已经争抢着下了肚。我喜欢和这样的人在一道吃饭,有紧迫感,说句笑话,像是参赛,弄得你不想吃也要吃。在日本吃松茸,上两片,安安静静以研究的态度对待这薄薄的两片,真是让人气短。

说莼菜

莼菜没什么味儿，要是硬努了鼻子去闻，像是有那么点清鲜之气，你就是不闻它，在水塘边站站，满鼻子也就是那么个味儿。莼菜名气之大，与西晋时期的一位名叫张翰的人分不开。他宁肯不做官也要回去吃他的莼菜和鲈鱼，无形中给莼菜做了最好的宣传，这一宣传就长达近两千年。莼菜是水生植物，只要是南方，有水的地方都可能有莼菜，没有你也可以种。据说太湖的莼菜要比西湖的好，但我只吃过西湖的莼菜，没有比较，说不上来。莼菜之好，我以为，不是给味觉准备的，而是给口感准备的。莼菜的特点是滑溜，让嘴巴觉得舒服，再配以好汤，难怪人们对莼菜的印象颇不恶。滑溜的东西一般比较嫩，没等你怎么样，它已经滑到了你的嗓子眼里头。莼菜汤，首先是要有好汤，若用一锅寡白水煮莼菜，你看看它还会不会好吃。莼菜就不能跟竹笋这样的东西相比，要上席面必须依赖好汤。它的娇贵又有几分像燕窝，没好汤就会丢人现眼。莼菜是时令性极强的东西，一过那个节令，叶子老大，便不能再入馔，只好去喂猪。叶子上再挂了太多的淀粉，让人更加不舒服，这样的莼菜汤我是看也不看，很怕坏了对莼菜最初的印象。好的莼菜根本就不需要抓淀粉，它本身就有，莼菜的那点点妙趣就在自身那点点黏滑之上。去饭店，要点就点莼菜羹，汤跟羹是不一样的。说到以莼菜入馔，那还要数杭州菜为第一。

以莼菜入馔，我以为也只能做汤菜，如果非要和别的东西搭配，鱼肉也可以。与鸡片搭配也似乎能交代，但与猪肉、羊肉甚至牛肉相配就没听说过。莼菜好像是不能做炒菜，但也有，杭州菜里就有一道莼菜炒豆腐，但必须勾薄芡。一盘这样的炒菜端上来，要紧着吃，一旦那点点薄芡澥开了，清汤寡水连看相都没有。这道菜实际上离汤也远不到哪里去，而这道菜里的豆腐我以为最好用日本豆腐，日本豆腐滑嫩，正好用来配莼菜。

老北京酱菜中有一品是酱银苗。现在可能已经没有了，我去了几次六必居，他们是听都没听说过。汪曾祺先生对饮食一向比较留意，他曾经在谈吃的文章中发过一问，问酱银苗为何物，可见汪先生也没吃过酱银苗。我后来偶然翻到有关银苗菜的资料，明人吕毖所著《明宫史》所载银苗菜，即藕之新嫩秧也。我给汪先生写了一信。

在北京的民间，现在还有没有人吃藕之新嫩秧？我很想做一番调查，也很想再深入一下，调查一下还有没有用银苗菜做酱菜的地方。想来酱银苗也不难吃。嫩菜一旦酱到一起，都那个味儿，什么味儿？酱菜味儿。我蛮喜欢北京的酱菜。都说保定的酱菜好，学生特意从保定带一小篓送我，齁咸！比我小时候吃过的咸鱼都咸。我小时候总是吃咸鱼，那种很咸很咸的咸鱼，一段咸鱼下一顿饭！以至于我都错以为凡海鱼都是咸的。

保定的酱菜没北京的酱菜好，北京的酱菜以六必居为翘楚。我有一道拿手好菜，在各种的餐馆里都吃不到，就是炒酱菜，小肉丁，再加大量的嫩姜丝，主料就是六必居的八宝菜，这个菜实在是简单，不能算什么菜式，但就是好吃，就米饭、佐酒都好。过年的时候我要给自己炒一个，好朋友来了我要给好朋友炒一个。

但要是没了六必居的酱菜，我就没辙！

莼菜可不可以像银苗菜那样做酱菜？俟日后到杭州细细一访。

两种木瓜

关于酒,我有一句名言,这名言说出来会招来一顿骂,那就是:"爱酒的人说要戒酒,是狗改不了吃屎!"在家里吃饭我几乎从不喝酒,但和朋友在一起,我又是从来都不会少喝,而且要喝就喝高度,低度酒没感觉。每次说要戒,但很快就会故态复萌!这真是一件没办法的事,酒这东西有一种诱惑力,一般人是抗拒不了的,除非你得了万万不能再喝酒的病。一个能喝酒的人,最难受的事情就是在一边看别人喝酒而自己不能参加进去。总而言之,酒不是什么好东西!但我们往往就是爱那些不是好东西的东西!有些好东西我们倒不会去喜欢。

那天和朋友在一起喝酒,在座的朋友说:"给你上杯木瓜汁怎么样?这东西解酒。"我当时没喝多,也从来不喜欢喝饭店里现榨的这个汁儿那个汁儿,我说:"你也别给我上木瓜汁儿,你让厨房给我上一个整木瓜就行。"服务员很快就把一个老大的木瓜送了上来,我把木瓜放鼻子下闻闻。可惜饭店的这种木瓜不是那种专门用来闻香的木瓜,要不可以带回去闻香。那种专门用来闻香的木瓜是越放越香,可以香一整个冬天。

食用木瓜不怎么好吃,也不怎么好看,要想让它好看就得把它切开，一肚子瓜子黑亮黑亮的，瓜肉的颜色有过渡，从黄到橘红，很好看。

我不喜欢这种能吃的木瓜，但我十分喜欢那种可以入药的香木瓜，香木瓜可以做清供闻香我还是从苇间老人边寿民的题画上得知，"八怪"之一的边寿民题《木瓜图》："木瓜，以金陵之栖霞山者为佳，圆大坚好，肤理泽腊，无冻梨斑及虫口啮蚀状，故久而愈香，得一二枚，便足了一冬事矣。"边寿民说的可以闻香的木瓜比能吃的木瓜硬得多，咬都咬不动，人们把它叫作香木瓜，香木瓜的样子不起眼儿，没能吃的那种个头儿大，是越放越抽抽，一点都不起眼儿，但不起眼儿才妙。"什么香啊？"坐在那里的客人闻到了，看他的鼻子你就知道他已经闻到了。我深夜读书，有时候早就忘了那个干巴木瓜的存在，那个盘子放在高处，因为怕让人摸来摸去。但忽然又闻到它的香了。那一阵子，我很迷边寿民的雁，实际上是对他的古怪行径感兴趣，据说为了观察大雁，他在芦苇丛中搭了个可以把身子猫在里边的小草棚，日夜与大雁相望，所以他的雁画得比别人都好。

用可食用的木瓜榨的汁也不难喝，有股清鲜之气。

可食用的木瓜可做的菜不算太多，眼下饭店里到处都有的一道是木瓜雪蛤，或是木瓜牛肉。民间最简单的吃法是拿一个青木瓜擦丝拌着吃，来点醋，来点盐，再来点麻油，各随其好，也有用白糖拌了吃。若说以木瓜做菜，论口味，我觉得是既说不上好,也说不上赖。我宁肯来一盘拌白萝卜丝。

可以摆在盘子里闻的那种香木瓜要比能吃的木瓜好得多。一个木瓜,放在那里总是能让人闻到它的香,是一件多么好的事,"故久而愈香,得一二枚,便足了一冬事矣"。但至今,我都不知道什么地方还有卖可以闻香的木瓜。据说宣城的皱皮木瓜最好,但我没见过。不但我没见过,我想苇间老民边寿民也可能没见过,要不他就不会说木瓜要数南京栖霞的最好了。

南京栖霞山现在还有可以闻香的木瓜吗?

大觉寺的玉兰

我对北京西山大觉寺一无所知,那天在二月书坊喝完当年的新茶,怀一说去大觉寺怎么样?去看玉兰怎么样?天已向晚,大家便马上雀跃下楼登车,同往者画家于水夫妇、女画家姚媛、怀一和世奇,一路春风骀荡。说到玉兰,今年的玉兰开得算是晚,在北京,有正月初六玉兰便开花的记载。曾在日本吃过用玉兰花炸的天妇罗,不怎么好吃,也不香,没什么味儿。在家里自己做过,也不香,但感觉清鲜。我周围,吃花的人毕竟不多。印象中云南那边的人喜欢吃花,请客动辄会上一盘什么花吃吃,常吃的是倭瓜花,攥一筷子是黄的,再攥一筷子还是黄的,很香。在上海虹口公园,只顾抬头看鲁迅的塑像,像是有人在我肩头轻轻拍了一下,回头才发现是玉兰树上血饼子一样的果实落在我的肩头。广玉兰要比一般玉兰高大许多,开花大如茶盅,结籽红得怕人,一阵风起,满地的西洋红。小时候喜欢齐白石,总以为他画的玉兰是荷花。我生长于极寒之地,用徐渭的话说是"风雪之乡",不但没有竹子和梅花,也没有玉兰。近年有好事者异而种之,亦长不高,即使在向阳背风的地方也是花少,零零星星几朵,让人知道顾念和爱惜。

大觉寺的玉兰在黄昏时分看上去让人有几分惊喜，好像一位多年的朋友，端然站在那里笑面等你。只觉人世有许多说不清，这惊喜也来得宁静，虽惊喜也只知绕树看它。树下的花倒比树上的多，一时像是月光洒落，那花瓣是玉片样，每一片都不染俗尘。那天晚上，喝过酒，我又出去看一回，忽然就伤感起来。

早晨起来，第一件事又是去看玉兰，憩云轩院内的那棵，上边已枯死，下边却蓬勃如翼。与怀一在树下争论玉兰花花瓣是奇数还是偶数，结果输与怀一，怀一当即念出金农的玉兰诗句。玉兰花瓣三三三交叠，正好是九瓣，九在中国是个绝好的数字，当即便觉得玉兰大好起来。大觉寺除了玉兰，还有古柏可看，前人多好事，喜欢在柏树树身的裂隙处再补种别的树，大觉寺的名树之一便是那棵著名的"鼠李寄柏"。但更让我想不到的是在这里看到了婆罗，高大的婆罗才发出新叶，叶大如掌，紫红八裂。站在婆罗树下想起金农画的婆罗，像是十分写生。大觉寺在辽代叫清水院，忽然觉着还是"清水院"这三个字好，让人想到水清亮流动，比"大觉"这两个字好。世上能大觉的人又有几个？没几个。

说到玉兰，我宁肯叫它"清水院的玉兰"。

百菜不如白菜

各种蔬菜里,大白菜让我感到最亲切。

小的时候,每当家里开始大批大批把大白菜买回来,我就知道,冬天就要来了。那些年,几乎是年年如此,父亲请人用手推车把大白菜运回家里,先是放在外边晾一晾,用父亲的话是"耗一下",我不知道是不是这个字,总之是要让大白菜在外边晾一晾,然后才把它们放到小仓房里去。我家的小仓房在正房南边,快到冬天的时候里边就码满了白菜,当然大白菜最好是下到窖里去,但我们只有小仓房。大白菜放到小仓房里,到了天气最冷的时候,上边,还要苫好几层草袋子,这样的白菜一般要吃到来年春天。整个冬天,家里人总是要到四壁皆是白霜的小仓房里去翻大白菜,把下边的倒到上边,再把上边的倒到下边,让它们的叶子既不能太干,又不能烂掉。冬天的日子里,饭桌上几乎天天都是白菜,土豆白菜、萝卜白菜、海带白菜,有时候是豆腐白菜。母亲有时候会用其白如玉的大白菜帮子给我们来个醋熘辣子白。父亲喜欢用白菜心和海蜇皮拌了吃,白菜和海蜇皮都切极细的丝,白菜丝用盐抓过,海蜇丝用开水一焯,二者相拌,嚼之有声。一盘这样的菜,就二两二锅头,简直就是父亲的日课！春天来的时候，母亲会把抽了花梃的白菜心放在水仙盆里用水养，白菜花娇黄好看，都说红颜色喜庆，殊不知白菜花的黄颜色更加喜庆！

白石老人喜欢画白菜，且喜题"咬得菜根，百事做得"，而我却最喜欢他在白菜旁边题"清白家风"。白石老人画的不是那种紧紧包住的京白菜，而是叶子散开的青麻叶，京白菜做醋熘白菜要比别的白菜好，吃涮羊肉也离不开它，吃菜包子就更离不开它。它的每片叶子恰好都像一只小碗，正好让人可以把馅放在里边。但这种白菜不好入画，圆滚滚的。而青麻叶不但能入画，还特别好吃，以青麻叶做菜泥，软烂不可比方。腌东北酸菜也是用青麻叶，外边的叶子打掉，整棵大白菜一劈为二，在开水锅里过一下，然后就码到缸里去，不用放多少盐，东北的气温既可以让它慢慢变酸又可以保持其脆劲。这样的酸菜也只有在东北才能吃到，要说做酸菜白肉，四川的泡菜不是那个味儿，韩国泡菜更不是那个味儿，东北酸菜好在本色、脆、嫩、白！吃酸菜白肉，最好是冬天，夏天不是吃东北酸菜的时候！不单单水果是季节性的，酸菜也是季节性的。要吃四川泡菜，我以为最好是夏天，冬天吃四川泡菜也不大对路。

冬天快要到来的时候，也是晒干菜的时候。把小棵的白菜一劈四瓣挂在那里晒干，说是晒，其实是阴干，要是晒，一过头就黄了。干白菜炖豆腐别是一个味儿，干白菜和鲜白菜一道煮，又是一个味儿。味道都很厚，味道可以分厚薄吗？这还真不好说！冬天的日子里，玻璃窗上满是山水花草般的霜花。你坐在暖烘烘的屋里，餐桌上是小米干饭和干白菜熬虾米，这顿饭真是朴素简单而好吃，直让人想到周作人说喝茶的那几句话："喝茶当于瓦屋纸窗下，清泉绿茶，用素雅的陶瓷茶具。"吃饭和喝茶虽不一样，但小米干饭加干白菜熬虾米会让你觉出清淡中的滋味绵长。我现在是想的要比做的多，一年四季总是忙，年年都想晒那么一点干白菜，但每年照例都会忘掉，而现在的市场上又没的干白菜卖，起码是，我经常去的超市就没有，那里有干豆角、干茄子和干葫芦条，但就是没有干白菜。他们说干白菜太麻烦，没等卖就都碎了，碎糟糟的像是烟叶，所以现在不再进货。

其实要想吃干白菜还是自己动手去晒的好，今年秋天，我也许不会忘记。

干菜的滋味

那些年,人们晾晒干菜成风,秋风一起,巷子里到处都可见晾晒的萝卜干、干白菜、干豆角、干葫芦条什么的,几乎家家如此。什么东西可以晒干储存到冬天就晾晒什么,有晾晒西瓜皮的,晒干的西瓜皮吃的时候发好,以其炖肉不赖,比冬瓜有嚼头。做什锦果脯,西瓜皮做的瓜条比冬瓜做的口感好。北京有名的"四季青"——年年冬天上市的洞子菜,是过年过节人们桌上的稀罕物。洞子菜由来已久,所谓的洞子,和现在的大棚差不多。洞子韭黄、洞子黄瓜、洞子菠菜,尤其是洞子黄瓜,在清代贵得惊人。有野史记载,一根黄瓜当时要卖到二两银子,负责给皇帝采买菜品的太监嫌贵,卖黄瓜的二话不说,拿起一根转眼吃掉,太监急了,说你不能吃啊,你再吃我就买不到了,再买剩下的那根,又长了二两银子。过去在冬季,想吃一口新鲜菜谈何容易。为了在冬季能吃到菜,人们想出了各种办法,一是腌渍,二是干制,三是买大量的大白菜和土豆放在闲房子里。闲房子不住人,冬天不用生火,可以储存这些菜,但手要勤,要不停地翻腾,把菜倒来倒去才不至于烂掉。过去人们住四合院,冬天储存菜不成问题。现在的四合院不是一般人能够住得起的,住楼房,到了冬天,要说储存菜,是个遥不可及的梦。好在现在吃什么东西都已经不分季节,你想吃什么都有,只要你口袋里不缺那"阿堵之物"就行。

蔬菜晾制成干菜,味道就一定会比鲜的时候浓。我现在很怀念母亲在家里煮干菜的那种说不出来的味道,干菜泡好还要煮一煮,放在锅里"咕嘟、咕嘟"地煮。一般是干白菜,家里煮干白菜的时候一定是冬季,窗玻璃上腾满了水汽。干白菜煮好了有几种吃法,放点肉当然更好,但要油大一些,但那时候哪有那么多的油?干白菜又特别吃油,吃足了油,就会变得十分腴美,但一定要是荤油才行,菜籽油熬干白菜不行,油都会浮在上边,吃不到菜里边去,只有用大油,菜和油才会打成一片。干白菜的另一种吃法是蘸大酱,煮好的干白菜蘸大酱味道挺特殊。干白菜做包子馅也挺好,也一定要油大,不容易包好。

我家里有一把剪子,母亲曾用这把剪子剪豆角,每年都要剪许多,剪好,放在外边晾,冬天就有干豆角吃。有时候晾好忘了吃,放隔了年,或者又过一年,那干豆角拿出来还那个样。干豆角、干葫芦条子、干蘑菇、干苤蓝叶子……如果有,再加些油炸豆腐,统统放在一起炖,味道可以传出很远,那种味道让人感觉到平淡的日子有平淡的好,怎么炖干菜的味道就一定会让人觉得平淡呢?炖肉、爆炒、煎鱼的味道是强烈的,是轰轰烈烈,是敲锣打鼓;而炖干菜却是平平淡淡,炖什锦干菜,配以小米捞饭,殷实而不动声色。

去海边,见人家的墙上黑乎乎拖拖拉拉晾了不少什么,问了一声,答道:"晾干菜。"

走近了看,是海带,海边的人把海带叫"干菜"。

菠菜是一种一旦有了水就不停生长的蔬菜,我见过那种大棵的菠菜,比我都高,人猫在那种菠菜地里想必是干什么都不会被别人看到。把这种大菠菜连根拔下,把枝枝杈杈打了过开水然后搭出去,干后的颜色是黑的。而那老粗的菠菜秆也有用,可以用来腌制,腌好后的菠菜秆和绍兴菜里的臭苋子一个意思,一吸一"咕叽",一吸一"咕叽",也是既酸且臭,但十分下饭。干菠菜在我们那地方一般用来做馅子。别看干菠菜黑,用开水一焯,马上就又碧绿起来,以其拌馅子特别好看。

炉边吃烧饼

烧饼好像真是没什么好说，太普通的东西往往都没什么好说。

烧饼好像到处都有，但各处的烧饼又都不大一样，那年在新疆，到处可见卖馕的，一摞一摞摞得老高，拿一个过来用手指弹弹，"嘣嘣"作响，吃这样的馕得有好牙口。同去的一位朋友说"馕"这个字肯定是译音，是什么意思就不好说了。另一位朋友对他说："那还不好说？馕就是烧饼！"这位朋友的说法我只同意一半，馕肯定是饼，但它好像不应该是烧饼。我们那地方的烧饼是发面的，当然馕也要发面，但烧饼的个头要比馕小得多，但厚，而且是鼓鼓的，有两指那么厚，论个头儿，我们那地方的烧饼比北京的芝麻烧饼大得多，竖着拉一刀，在里边夹几片猪头肉，吃起来真是香。烧饼最好是现烙现吃，一出炉，还烫手，左手倒右手，右手倒左手，就这么一口一口咬着吃才香，两边的皮是脆的，中间的饼瓤既松且软，如果一凉，或者一捂，这烧饼就不好吃了，烧饼两边的皮不复再脆。南方的蟹壳黄就这么个意思，也要现烙现吃。烧饼这东西，一般在家不做，也没法子做。家里只能做烙饼，发面饼有那么点意思，但不可以和烧饼相比。说到烧饼,我马上就会想到那种用毛巾做的袋子。两条毛巾先从下边缝在一起,两边也缝好,然后在上边的口部缝一圈再穿一根带,就是个口袋。好像话剧《霓虹灯下的哨兵》就有这个东西,当然是道具,是赵大大的道具还是春妮的道具我已记不清。这种口袋一般都是用来放食品的,放烧饼最好,不会把烧饼捂得说软不软说硬不硬。小时候我曾请母亲给我缝过这么一个手巾袋,放喝水缸,放馒头,挺好。作家刘庆邦总喜欢背个小书包,军绿色,吃过饭,因为喝了酒,总怕他走不好,把他从饭店里送出来,眼送着他,小书包就那么一晃一晃,人一会儿就走远了。我总想,他那小书包里都放的是些什么东西?下次见面一定要问问。但下次见面,还没等问,人又喝高了。我喝酒是气势汹汹,庆邦喝酒是慢条斯理,要是真比试比试,我恐怕还喝不过他。再说那种毛巾口袋,是既不能背,又不便提,要把它掖在裤腰后边,该干什么继续干什么,不影响做事,现在很少能看到这种毛巾做的口袋了,如果以前看到谁拿着这么个小毛巾口袋,不用问,里边放的肯定是干粮。

我喜欢站在烧饼炉子边吃烧饼,那年在榆次,我忽然看到了有人在那里打烧饼,我过去买了一个就站在那里吃了起来。朋友说:"你怎么可以站在这里吃?"我说:"我怎么就不可以站在这里吃?""要吃回宾馆。"朋友又说。我说:"要是拿回宾馆吃,它就不是烧饼了。"

我们大同最好的烧饼铺子,不对,好像不能叫烧饼铺子,因为打烧饼的就只有那么一个炉、一个案子、两个盆,一盆是发好的面,另一个盆里是打好的烧饼,这样的摊子总是支在人来人往的路边,卖烧饼不用吆喝,但你能听到擀面杖不停敲打的声音,这也是一种吆喝。烧饼摊子一般都和卖馄饨卖豆腐脑的搭配在一起,这边买一个烧饼,那边再来一碗馄饨,就是一顿早餐。大同最好的烧饼是在华严寺的门口,是一个很小很小的棚子,打饼师傅就在里边打他的烧饼。每次从那路过我都会买一个烧饼吃,站在那里吃。我觉得那地方最好再有一个卖猪头肉的摊子,这样的烧饼夹几片又黏糊又香的猪头肉真好。

天津的烧饼比较薄,夹油炸小河虾吃也很香,但多少有那么点扎嘴,夹油炸蚂蚱也一样,天津的蚂蚱比虾还大!但我没用天津烧饼夹过猪头肉,再说也夹不住,太薄。北京的芝麻烧饼又太小,两三口一个,吃的时候要用手在下边接着,怕浪费芝麻。

黄瓜酱油

晚上吃米饭,两小碗米饭,就一小碟腌黄瓜,然后喝几杯花茶,清淡而有味。忽然想起一种美味来,那就是母亲的黄瓜酱油。各种腌制的菜里,黄瓜可能是第一等的清鲜。但腌黄瓜必须用大酱,而且是好大酱,现在的大酱质量越来越差,是一味的咸。秋天来的时候,买大量的黄瓜,不用一剖为二,完整的黄瓜先用盐杀一杀(我不知是不是这个"杀"字,但民间都这么念),把黄瓜里边的水分杀掉一部分,再晾一晾,然后入缸,一层黄瓜一层大酱。面酱是不行的,面酱最好用来蘸小葱吃北京烤鸭。把黄瓜在缸里码好,黄瓜里边的水分就又会给大酱杀出来一部分,这时候得翻缸,民间的说法是"倒缸"。腌酱黄瓜最好要有两个缸,倒来倒去,把上边的倒到下边,再把下边的倒到上边,不停地隔几日就倒那么一次,倒七八次吧,然后就不用再倒,缸里的大酱是越来越稀,用民间的话说,是因为"黄瓜油"出来了,以我看黄瓜油就是酱油的一种,只不过这酱油里的成分是黄瓜分泌出的鲜美的汁水。《随园食单》里称酱油叫"秋油"。

若是吃白米饭,你什么菜也不用就,把这样的黄瓜酱油往米饭里倒一点点就十分好吃。如果早上起来急着出去办事,又要吃早饭,临时救急,可以用黄瓜酱油冲一碗汤。只需在碗里放一点虾米皮,再放一点紫菜,如果有香菜,再放一点香菜,再把黄瓜酱油放一点进去,用开水一冲,这碗汤是相当鲜美。就饭的小菜如是一小碟酱黄瓜,那就更好。我自己的私房菜有一道就是炒酱黄瓜,少放一些肉丁,酱黄瓜也切小丁,放在一起炒,就米饭十分好。如买一个白皮烧饼,在烧饼上来一刀,把肉炒腌黄瓜丁夹进去,也很好吃。如果是吃白煮肉,旁边有一小碟黄瓜酱油的话,那可是更加鲜美。

黄瓜酱油是家庭腌菜的副产品,铺子里绝对不会有卖。都说日本的酱油好,但是无法和黄瓜酱油相比的。韩国的酱油也不错,可以拌米饭食之。现在饭店里的酱油炒饭味道淡薄得很。不过我是爱吃酱油炒饭的,既简单又方便,用油先把米饭炒开,再往里边倒点酱油。酱油是晒大酱的副产品,要经过晒这一个过程,晒整整一夏天,到了秋天才会好。

而腌两小缸酱黄瓜,到了秋天也差不多只能收那种大个儿的酱油瓶一瓶。那种玻璃酱油瓶现在很少见了,绿色玻璃,足有一尺半高。小时候,母亲从来都不让我碰这种酱油瓶,怕我提不动。那一次参观郭沫若故居,在他的那间既可以打麻将又可以练习书法的屋子里我看到了这种瓶子,就放在书案下,里边还盛着大半瓶墨汁。用这种瓶子盛墨汁倒是好主意,就是往外倒墨汁的时候要小心,倒不好,会洒得到处都是。

日本用来装清酒的瓶子有一种挺大，和过去我们常使的大个儿酱油瓶差不多，也有一尺半来高吧，让人看着亲切。有一次和朋友在馆子里喝日本清酒，我带了一个空瓶回去，一直放在那里，没有墨汁可放。我现在不画大画，如画大幅荷花，一次恐怕要用掉这样的瓶子的半瓶墨汁。

我朋友穆涛的父亲会做黄瓜酒，想来味道亦是清鲜，但怎么做，还得去请教他。

国外有卖梨酒的，每个酒瓶里都有一个很大的梨，但喝不出梨的味道，只是觉着好玩。带回来送人，还会引起一阵猜测，猜测这梨是怎么放进去的。

羊杂割与羊肚汤

李季的《王贵与李香香》中有这样一句:"大米干饭羊腥汤,主意打在你身上。"每读至此,我都想笑,信天游的上句与下句看上去两不挨,却是幽默得紧,我常想作者李季自己读到这里是不是也会笑。"大米干饭""羊腥汤""主意打在你身上",有什么关系?说不上来,但总让人觉着妙。这种句式在诗歌手法里叫作"兴"。"山丹丹开花红姣姣,香香人才长得好"是"比",民歌的"比兴"手法,在诗人李季那里运用得真是好。

陕西把羊杂汤叫作"羊腥汤",腥者,香也。有人爱吃爆肚,就是要吃那一口腥香,有人爱吃卤煮火烧,也是要吃那一口腥,吃那一口"脏气"。北京卖爆肚的小店里也有羊杂。所谓羊杂就是羊的下水,羊心、羊肠、羊肚、羊肺,有时候还会有切成片的羊宝。晋北也有羊杂,分粉羊杂和纯羊杂,粉羊杂里边有大量粉丝,纯羊杂里没粉丝,纯是羊下水。在太原,把只搁羊肉的汤,叫"羊汤",而把搁羊下水的羊汤叫"羊杂割"。整锅煮整羊,把羊肉捞出放冷快刀切大片,红红白白大片大片的羊肉码在那里,真是好看,引动人的食欲,还让人想喝那么一点。羊杂要趁热吃,所以要喝也只能少抿那么几口,不能大喝,也没人在吃羊杂的时候大喝,用二三两的那种杯,你抿一口我抿一口,转着喝,酒才显得更香,吃羊杂,抿几口酒,那酒也只能是烧刀子,从没见人吃羊杂喝啤酒,喝糁酒好像也不大对路。太原的羊汤好,好就好在锅大汤浓,整只的羊在锅里释放它的鲜美!你买二两羊肉回家试试,再煮那汤也不会鲜美到哪里去。

"羊杂割"三个字由来已久,可以一直追溯到元朝,元杂剧里边有"羊杂割"一说。杂割的意思是什么都有,杂,不单一,什么都有。

我喜欢吃羊肚,所以一读《感天动地窦娥冤》,马上就明白张驴儿的老子果真要死,实实因为那羊肚汤太好喝。我常常去买两副,或者是三副,很少只买一副。买两三副羊肚,把它整治干净,不用水,只用面粉,把羊肚里里外外细细搓到,搓一回,再搓一回。羊肚整治好,把面粉抖掉,略用水冲,挑去内膜上的血丝和油,然后下锅煮。煮的时候任何作料都不要放,直把两三副羊肚煮到稀巴烂,吃的时候蘸一点盐即可,那味道,怎么说,可真是鲜美。捞出羊肚,在剩下的汤里放大量的芫荽,还要放胡椒粉,如果有,再放些韭菜花,以其浇大米饭,真是不错。

煮羊肚的要诀,一是汤里什么作料都不要放,二是不能只放一副羊肚,两三副最好,汤才香。

苏州观前街也有卖羊肉汤的,味道淡薄,却另有妙处,汤可以随便加。

我每去太原,总要吃一两回羊汤和羊杂割。太原的羊汤和羊杂割吃的时候要放多放些葱花,没有韭菜花是另一个味儿。

茄鲞

吃了两次"红楼宴",一次是在北京,一次是在扬州,感觉都像是小孩子在那里摆家家。每人一份,碗是小小的,碟子亦是小小的,菜是一小撮儿,又一小撮儿,刚好撺两筷子,粽子只有大拇指指甲大小,一碟两个,小心翼翼地剥开,里边就更小,汤圆一碗是三个,感觉也是不能再小,再小就没法包了。感觉是,还没等张嘴,菜已经上完了,忽然让人在心里不耐烦起来,很想大吃几口。旁边的红学家说:"玩儿呗,谁还正经吃。"这话也有道理,既然做一回红楼中人,既然周围的服务员不是古装的紫鹃便是古装的袭人,想必也不好再像《水浒传》中人那样动辄要七八颗鸡子儿追星赶月地吃下去,或来三二斤牛肉喝两大碗烧酒抹抹嘴走人。

茄子是清鲜的蔬菜,炭火烤茄子加大量的新蒜,味道之美自不用说,白蒸茄子撕烂了加三合油也是夏季的一道好菜。嫩茄子最好不要剥皮,直接蘸酱生吃。秋风一起,是腌茄子的时候,腌茄子、白米饭,再配以一大块软烂香浓的腐乳肉,这顿饭你无可挑剔,虽家常,却好。

我向来不喜欢吃素菜,但有一次吃素菜馆的干煸素牛肉丝,却感觉大好,这道菜是茄子干当家,发好的茄子干撕成牛肉丝状,入温油锅稍煎,配以少量的香菇梗子,这道菜既耐嚼又满嘴的茄香,只这一道菜,再加一个瓠子烧面筋,来一大碗米饭,如果是一个人吃,我以为很合适,如果想小酌两杯,也够。一个人吃饭有时候也很好,可以细细领略饭菜之美,如果窗外景致再好一点,用我父亲的话说是"简直的满窗湖光山色",那就更好。

好像茄子是一种怎么做都很好吃的蔬菜,但《红楼梦》中的茄鲞不但做来麻烦,吃起来亦没多少好处可言,简直是故弄玄虚。

就这道为红迷们乐道的"茄鲞",我以为说它好的人是大不知味!一道茄子菜,这样做一下,那样做一下,那样做完再这样做,用这个料配,再用那个料配,到最后却让你一点点茄子味儿都吃不出来,这就是茄鲞。饮食之道,最最重要的是要让食物存其本味。有些菜式,你不必吃,光听听名字便让人倒胃口,用现在的话说简直是恶搞,如鱼香虾仁,倒让人不知道谁是老大,是鱼好还是虾好。

从小到大,也不知吃了多少茄子,也不知吃了多少种茄子菜,而最让人莫名其妙的就是"红楼宴"中的这道茄鲞。两次吃"红楼宴",面对茄鲞均难得要领。看书是看书,吃是吃,曹雪芹写茄鲞也未必就是说它好,是以茄鲞写贾府的排场和奢侈。做茄子,宜油大,油大火旺才好,我家常吃的两道茄子菜是蜂蜜茄子和酱扒茄子,整只茄子拉几刀下油锅,然后再入蜂蜜或大酱。茄子这东西很怪,油小了不行,但它又不吃油,菜做好了,油都还在那里,但油小了,茄子把汁水一吐出来,这道菜便不会再好吃。做茄子,也离不开大蒜。

那年到乡下去看插队的朋友,没什么可吃,当时菜地里正好下茄子,我们跟老乡买了两块豆腐,包了一顿茄子豆腐馅饺子,茄子和豆腐能包饺子吗?那滋味,至今尤不能忘怀!

春饼

立春吃春饼,我母亲一年只做一次的饼就是春饼。

春饼的馅子离不开春韭,还有绿豆芽,还有鸡蛋丝,还要有细粉丝,还要有瘦肉丝,还有什么,记不大清了,几样东西拌在一起闻起来喷香。每年母亲做春饼都要先拌一大盆馅子在那里,好像不能说是馅子,应该叫"和菜",和在一起的菜。做春饼一般都是先把菜拌好再烙饼,烙春饼我认为是个技术活儿,得会揪剂子,两个剂子两个剂子放一起,中间放点面,擀的时候两个两个擀在一起,春饼烙熟是两面黄,而把它们打开,里边虽没烙到却已经熟了。小时候,总是母亲在那里烙,我们在那里吃,比赛谁包的春饼大,春饼比一般的饼都要大都要薄,大了才好包馅子。我们把春饼包得像个小枕头,捧着吃,母亲还在那里烙。

春饼是不是可以算作是馅饼的一种?可以,但你不能说它是馅饼,春饼的馅是凉的,而且没多少肉,一般都是菜多,主要是吃菜,而且主要是吃春韭,春天韭菜刚刚下来的时候味道真香,包春饼用的韭菜不能切太碎,各种馅料做好的时候还要再炒一下子,我以为主要是让韭菜熟一下,不能大炒,用我母亲的话说是"在锅里转一个圈"。如果为了颜色好,可以加一些黄豆芽,碧绿的韭菜,娇黄的豆芽,这颜色够漂亮!但母亲说黄豆芽太硌牙,所以一般还是用小绿豆芽。为了春饼的馅好看,还要有胡萝卜,这紫红色的胡萝卜是腌制过的,是年前腌过的,切成最细最细的丝,再剁几剁,腌制过的胡萝卜的味道是鲜萝卜无法企及的。晋北的习惯,吃菜馅糕,也离不开腌胡萝卜,不光为了好看,也丰富味觉,在饭店吃春饼就没这一口。

我母亲总是遵循节令行事,年年要给我们做一次春饼吃,做春饼之前,一定要自己生豆芽。生豆芽像是一件大事,用一个红色的陶盆,上边再用干净的苫布苫好,每天换两次水。挑豆芽是一件麻烦事,虽然麻烦,自己生的豆芽毕竟好吃,街上卖的豆芽无法与之相比。

我在乡下,赶上过一回吃春饼。卷春饼的和菜只有一种炝花椒油拌山药丝,用擦床擦出来的山药丝,很细,过水焯熟,再把炝好的花椒油拌进去,味道真是冲,饼是用荞麦面干锅烙的,有乡野之气,这个春饼很特殊。

明宫史《饮食好尚》记载:"立春之前一日,顺天府街东直门外,凡勋戚、内臣、达官、武士……至次日立春之时,无贵贱皆嚼萝卜,名曰'咬春',互相宴请,吃春饼和菜。"

我母亲上岁数后不再做春饼,好像是忘了,不会做了。我总想着什么时候给她老人家做一次春饼吃吃,但从来都没做,只是在心里想着:明年吧,明年吧。但忽然一下子,再没明年了。母亲去世,不觉已有两年。

馍饼铺有卖春饼的吗?好像没有。

芫荽鱼

北方人喝汤没南方人那么讲究,到小饭店吃饭,吃到最后来个"高汤",一碗汤端上来,也仅仅比白水多那么一点颜色,再多一点点切得很碎的葱花而已。在家吃饭,有时候懒得做汤,我会给自己冲一碗汤,虾米皮、芫荽,再放点紫菜,如果手边恰好有冬菜,再放那么一点冬菜,冲好,再淋一点点香油。这个汤说实话很好喝,清淡而有味,这味道主要来自芫荽,如果没有芫荽,这个汤就要寡淡许多。芫荽可以与豆腐干凉拌,最好是熏干,也不错。那一次几个诗人在我家喝酒,桌上没菜了,诗人雪野说他来做一个,他早就看到厨房有一捆芫荽,他来到厨房去择择洗洗,再切巴切巴,以香油与酱油、醋一调,一盘菜顷刻即成,居然很好吃。

芫荽以早春刚从地里长出的为最香,叶子有几分披纷,这种香菜叫"扒地虎",叶柄有几分紫,吃菜、喝汤不用放多少,会香得"一片哗然"。

芫荽一般都用来配菜提味,但它也可以担纲主菜,芫荽馅饺子,三分之二的芫荽,三分之一的猪肉,肉要稍微肥一点,拌这个馅,最好不用葱姜,要突出主题,这个饺子馅的主题就是芫荽,芫荽馅饺子味道很清鲜。

　　我母亲做的一道菜,我在别处从来都没有吃到过,且叫它芫荽鱼块。两斤多的草鱼一条,切瓦垄块,要大量的芫荽,最好是那种大棵大棵的芫荽。鱼块先在油锅里煎好,然后用芫荽再把鱼块逐一包好,起油锅,把葱姜蒜爆香,再把用芫荽包好的鱼块码在锅里,然后用白酒与醋烹一下。我母亲做鱼坚持用白酒而不用料酒,烹好,锅里加汤,俟锅里烧开再改用慢火,锅里的鱼块不可频频翻动,等锅里的汤几乎全部收干,这道芫荽鱼块就大功告成。这鱼可真香,更香的是包在鱼块上的香菜,以之就米饭,特别下饭。我给朋友做过几次这道芫荽鱼块,他们都问这叫什么鱼,我告诉他们说这叫"黍庵鱼",要是没有大棵大棵的芫荽,可以在锅里放一层芫荽码一层鱼块,放一层芫荽再码一层鱼块,但装盘就没那么好看。

　　我母亲做鱼,喜欢放一些香菜在上边。

　　菜市场如果有卖鲫鱼的,我会买七八条回去做芫荽鲫鱼。在煎好的鱼肚子里塞些芫荽,然后再在锅里放一层芫荽码一层鱼,一层一层码好慢慢炖。这道菜出锅手要轻一点,事先准备好两个盘子,一个盘子放芫荽,一个盘子放鱼,往往是鱼还在放芫荽的盘子已经光光如也。

　　不吃这道芫荽鱼块,你就不知道芫荽还会那么好吃。

长衫

我的朋友墨老师——这么称呼总觉得有些不妥，应该是小弟，因为我向来是把他当作小弟来看。他在火炉般的武汉做编辑时我们就认识，而直至他离开，我也未曾给他任职的那家刊物写过稿子，所以每每想起就觉得有些对不住他。后来他离开了那个大家都很爱吃热干面的城市去了上海。那一次，我去上海，随着金宇澄看了一回静安寺张爱玲的遗迹，也只是站在下边朝上边望了望，离近了看也只是看了一下那个铜牌子，有一张画报那么大，写明了上边几层几号曾经是张爱玲的故居，想想当年胡兰成就是在这地方和张爱玲鬼混，不由得让人明白才子佳人也和一般的人一样，并不是神仙样只会在云雾里穿梭。那一次去上海，小墨忽然赶了来，而且是非要他来请客，酒是金宇澄从家里拿来的两瓶，慢慢地喝到后来，待我要回旅馆，小墨却因为太晚不能回去了，就和我在一张床上挤，我和他背对背，后来又翻过身来面朝天，就那么睡了一晚，第二天他早早起来去赶车，天还没怎么亮。小墨模样周正大气，他给我写字，字学"二王"，很好，就是笔力稍弱，因为他毕竟还小。而他后来在网络上忽然自称老夫，着实让我诧异了好长时间，我去信问他,你果真老夫了吗,口气自然是嘻嘻哈哈,他却认真地寄过一张照片来,果真头发少了许多。这就让我想到朋友们风传他得了要命的重病的事,不免为他担心,而最近看到他的一张照片,却显得十分结实好看,说他好看,是因为他穿了一袭长衫站在上海的弄堂里,有些玉树临风的感觉。这就让我感到喜欢。

说到穿衣,我向来是创新派兼守旧派。当年在学校教书,穿了牛仔裤上讲堂,而且上边的红色运动衣亦是反穿了的,校长说这怎么可以,而我对校长说这怎么就不可以,他居然开明得很,只一笑了之。再说到穿衣出国,每次出去都规定要穿正装,这便让人生气,真不知道是谁规定的正装必是西服。西服实实在在是最让人不舒服的一种服装,我有两三套,也只一年穿一两次,每次穿都会在心里生起气来。而平时穿的衣服要讲舒服,中式的最好,比如冬天的时候我左一件右一件都是中式的夹衣和棉袄,再围一条围巾即可,又保暖穿脱也方便。

小墨的这次穿长衫,可以说引起一阵小骚动,网上的许多朋友都以要穿长衫来声援他。看他的照片,忽然让人觉得他已经回到了民国。人们现在怀念民国年间的风物人事是毫无道理可言的,但长衫的好却是不容忽视的,而且也确实足可抵挡风寒,上衣和下衣相接的地方连一点点寒风都吹不进去。但长衫的毛病就在于忽然需要去厕所解大手,却不知该怎么蹲下。解小手向来容易,只需站在那里,是不需解释和教授的,而穿了长衫,这便成问题。

  总之长衫在冬天是要比短衫好,这便有了可以穿它的理由。我写这点点文字的时候,想象小墨穿了长衫在上海的街头疾走,那风致,我想是好看的,小墨这几年有些胖了起来,所以比前几年看上去更好。他的毛笔字,比以前亦好十分。

初五记

夜里喝茶,照例是喝绿茶,并不会特意去找出普洱来喝,家里人都睡了,远远近近有零星的炮仗声,但人们大多已睡了。明天是初五,是"牛日",在鄙乡,大年初五叫"破五"。在中国,"三"算一个特殊的,小孩出生后第三天的洗浴叫"洗三"。"五"这个数字也不一般,五月端午,这一天在古时是做镜子的最好的时间,要用江心水,许多古镜上都有"五月五日江心水做照子"字样。"五"这个数字放在年这里,也就是说,热闹的年要告一段落了。小时候,一过初五,饮食上的变化就是要吃粗粮了,所以,鄙人对初五这个日子并无多少好感。现在吃粗粮是件普遍被人们认为是有益于健康的事,但粗粮给我的记忆并不那么好,最难吃的粗粮我以为是紫红的高粱面,用高粱面蒸窝窝头,热吃很软,味道打死也不敢说好,凉了吃,十分的硬,有几分像胶皮,现在想想都让人觉得胃里难受。用高粱面打一锅糊糊,颜色有几分像猪血,难以下咽。现在的饭店里面可以吃到各种的粗粮,但唯有高粱面做的食物没有多少花样,乡下的那种软高粱可以用来做糕,很软,要有好一点的菜就着吃,勉强可以下咽。但炖一锅羊肉用来就高粱糕吃又像是大不对头,起码在鄙乡,你这么做会被人笑话,也没有人这么做。高粱米做米饭好吃吗? 也不好吃。

　　初五一过,浩大的春节便会告一段落,虽然炮仗声远远近近在一大早就已经响起,但毕竟让人感觉到有气无力,其意兴已近阑珊。说到"破五",在民间,这一天并无别的特殊的地方可以让人言说,只是饭食开始改变了,粗粮可以上桌了。而从大年初五开始,另一种真正的热闹要开场,那就是各戏班子可以开始唱戏了。现在的城市里,人们很少看戏,所以戏班都去了乡下,这就让人又想起鲁迅先生的那篇有名的《社戏》。而在北方,刚刚下过两场雪,地上的冰忽然冻得一如琉璃,出门走路,人人心里都很虚,步子也都虚虚地迈着,唯恐滑倒,这样的天气,也真是不宜去乡下看戏。

　　还是坐在屋子里喝茶读书吧,年前收到两本艺僧六舟的精装本,有水仙相伴,这两本书便让人觉得很有滋味,读读翻翻,喝一杯"张一元"的花茶,吃一块"稻香村"的牛舌饼,远远近近响着零落的炮仗声,我的初五,便这样开始。

穿鞋去

只说一般的人，除了晚上脱去鞋子上床睡觉，白天很少有不穿鞋的。当然一辈子专事光脚的专业户也有，比如那个民间传说中的赤脚大仙，查一下相关词条是这样说：赤脚大仙，道教传说中的仙人，是仙界的散仙，在仙界之中他没有什么固定的职位，一般情况下他总是在四处云游，以其赤脚装束最为独特，民间传说中他常常下凡来到人间，帮助人类铲除妖魔。他性情随和，平常以笑脸对人，对有心向善的妖怪也会网开一面，但对邪恶妖怪却从不留情，双脚就是他的武器，曾经降服众多妖魔，是天下妖怪的克星。据说赤脚大仙身上带有不属于六界的异宝，令他不惧百毒。

神仙是神仙，可以赤着脚腾云驾雾飞来飞去，但我们凡人居家过日子不可不穿鞋子，而且同时要备有三双鞋子才好，一双在家里穿，一双进佛堂或进教堂时穿，一双如厕时穿。尤其是夏季，下过雨，满地泥泞，乡村的那种露天厕所里更是泥泞，而那泥泞之中或有更多的不洁之物，你从这样的厕所里出来，再去任何地方都像是不太方便，所以得换鞋。现在穿套鞋和雨鞋的人不多了，仔细想想，套鞋有很多好处，走泥泞之地，把橡胶的套鞋套在鞋子外边,进家的时候可以再把套鞋脱下来。这种套鞋大多是橡胶制品,弹性很好,可以紧紧地套在鞋子外边。下雨天出去访客或者到图书馆里去借书,再或者是去教堂或寺院,备有这样一双套鞋确实很应该。当然打赤脚出来进去亦非不可,就像田山花袋在《棉被》里写那位年轻的乡村教员,下过雨去什么地方,进家的时候先要脱掉木屐用擦脚的毛巾把脚"咕吱咕吱"地擦一擦,这在日本可以,在中国好像没这样的习惯,主人也不可能给上门的客人准备擦脚的毛巾。在乡下,有时候打赤脚也很好,在地里插秧当然是最好不要穿鞋。半个世纪前,在中国,尚有"赤脚医生"这一说。现在想想,那形象也好不到哪里去。一个医生,打着赤脚到处走动,这也只能是在南方,在北方,一过立秋,赤脚走路,人恐怕就会给冻出病来,即使不冻出病来也会时不时犯抽筋的毛病,小腿肚子那里抽起筋来不是一件让人舒服的事。把"赤脚"与"医生"连在一起,也只能是那个时代的荒唐事。

三双鞋子之说我也是看了李叔同的书信而想起来的,李叔同出家后法号是弘一,关于鞋子,他的意见便是同时要备有三双才好,一双用来进佛堂念经,一双平时穿用,一双如厕时穿。这也可以看出李叔同的卫生观念,也是一种讲究,人活在世上,能讲究便是一种福气,同时拥有三双鞋子不是一件难事,但出门在外临时内急要上厕所无法换鞋却是一大问题,所以,持律再严,也难免不被现实打破。这么一想,我以为那种橡胶套鞋还是好,我的南通薛家奶奶,年轻时定是美人,她于下雨的天气里便一定要穿这种套鞋,进家的时候便先把套鞋脱一脱,放在一边,离开的时候再把套鞋穿好,如果老天还在淅淅沥沥下雨的话。古典名著《金瓶梅》一书里专门讲到过李瓶儿的鞋子,她去世后有许多的鞋子给翻出来,潘金莲还指定非要其中的哪一双,却没有讲到套鞋,还有就是在一双小小的鞋子的跟部缀有一对小金铃,走起路来想必其音袅然。

清光

常记儿时半夜起来坐等父亲从车站回来,外边是好大的月亮,胡同里石板上是满满崭新崭新的清光,是月亮洒落在石板上的那种。父亲归来,虽已是夜深,而母亲照例要给父亲做饭,一拉一推的老式木头风箱即刻响起,单调而让人感到温暖的声音在这样的夜晚会传得很远。炒菜是不会的,下一碗面或再加上两个荷包蛋,是父亲的晚餐,如果这也可以算是晚餐的话。这样的晚上,还有别的什么事?到后来竟全部都忘掉了,忘不掉的只是那崭新的月光,那月光竟是有几分温婉的意思在里边。

再一次,是我的朋友也是我的学生领着我走山路,是往一个村子里的小学赶,赶去做什么?是去睡觉,因为只有那里干净一些。我便深一脚浅一脚跟着他,虽是走山路,但那么好的月亮在城里是看不到的,抬头与天上的星星对望,虽是谁也不认识谁,但也竟让人在心底发一声赞叹。整个夜空,是刚刚打扫过的那种清旷,每一颗星星都像被人仔细擦拭过,真是好看。月亮洒下一片清光,这清光不是在一片两片石板上,而是浮在远远近近的庄稼地和山峦上,一派爽然。

再有一次是随怀一去大觉寺,看了玉兰,喝了茶,而且还吃到鲥鱼。怀一说起有一次他被安排住在大觉寺里,而且把床就安放在露天的石墙之下,据说野猪有时候会在晚上来访。那样的晚上,明月在天,清光在地,古刹钟声,自是清冷无比,想一想,真是令人向往之至。那天怀一只是说野猪,我希望听到他说某一头野猪突然一下子钻到他的床下或再把床拱起来的险事,却始终没有,这又很让人失望。世人只知男女相悦是艳福,而露天睡在大觉寺里看月亮却是比艳福更要好上十分的事。想想那遍地的清光,满耳的夏虫,里边竟是有诗意。只可惜玉兰盛开的晚上是不能露宿的,如能露宿,把一张竹床支在玉兰树下,若再有月亮。

有时候,半夜我起来,碰上月亮,我会朝外望它一望,不为什么,只为看一看那清光,看一看天上的月亮,在我心里,不知为什么,总觉得那月光里真像是有看不到的金粉银粉,正在籁籁洒落。

元日帖

老弟好,早上起来把地扫过,又擦拭了一下案几瓶炉,忽然想起了王安石的那首《元日》,人们大多是一到元旦这天就会想起这首诗,虽然不少人都清楚这首诗其实是在写阴历的大年初一。在王安石生活的那个时代,元旦被叫作元日,元日的意思很好解释,小孩子们也会懂,元日就是新的一年的第一天,而元旦的意思也不难解释,可以粗浅地解释为太阳在本年度第一次升起的日子。各种解释其实并不重要,重要的是人们在这一天总是希望本年度最好要比去年过得好一点。《元日》这首诗作于王安石初次拜相开始推行新政之时。宋神宗继位,起用王安石为江宁知府,随即又进为翰林学士兼侍讲。宋神宗熙宁元年,神宗召王安石"越次入对",可见神宗对他的另眼看待,王安石于是上书主张变法。"爆竹声中一岁除,春风送暖入屠苏。千门万户曈曈日,总把新桃换旧符。"

《元日》中提到的屠苏酒过去在药店都有的卖,现在不知道北京的老药店同仁堂会不会还有这种酒。我们古时的风俗是要于正月初一饮屠苏酒以避瘟疫,所以屠苏酒又名岁酒。屠苏据说是古代的一种房屋,是主屋后边的小屋,我想应该有点像鲁迅先生北京旧居的"老虎尾巴"。有人说因为是在这种房子里酿的酒,所以才被称为屠苏酒。据说屠苏酒的配方是汉末名医华佗创制的,由大黄、白术、桂枝、防风、花椒、乌头、附子等中药入酒中浸泡而成。一般人饮酒,总是从年长者慢慢饮起;但是饮屠苏酒却正好相反,而是要从最年少的饮起。也就是说合家欢聚饮屠苏酒时,先要从年少的小孩儿开始,年纪较长的在后。苏东坡的《除日》诗里写道:"年年最后饮屠苏,不觉年来七十余。"说的就是这件事,如果不解释,现在的人也许还不懂。晋朝议郎董勋说:"少者得岁,故贺之;老者失岁,故罚之。"这种风俗在宋朝很盛行,但为什么会这样?董议郎也照样没有说清。

今天一早起来就说屠苏酒,而我自己却没有喝过。关于酒名,我想其实也只是后人的揣测,究竟为什么叫作屠苏酒,真是难有定论。还有一种说法是屠苏是一种草名。屠苏草其实就是紫苏,我经常会买些来吃,新鲜的紫苏叶子,蘸一点东北黄酱,母亲就这么吃,所以我也跟着吃了这么多年。紫苏好像不能用来炒肉片什么的,做鱼好像会用到,包饺子好像也不可能用到紫苏。

一连好多年了,元旦这天一起来写字照例会写写王安石的《元日》,但我今年忽然不想再写这首诗。春风现在还没有来,也不会送暖入屠苏,一点点暖都不会,千门万户的暖阳曈曈还没有照过来,倒是天气一天会比一天冷,到了最冷的三

127

九,要是站在农村的土院子里会时不时听到啪的一声,是地被冻裂了,天气冷到地被冻裂,南方人肯定是没有看到过。地裂缝,一般会裂一指多宽,现在才一九,最寒冷的日子还没有到,所以新桃旧符我们且统统不必说它。早上我用裁好的纸只写了一首黄宾虹的题画诗,其诗如下:"家人莫酿酒,予不庆新年。怕将新日月,来照旧山川。"

今天我想去买点新鲜的紫苏叶子,菜市场不知会不会有。老酒我这里倒还有许多瓶,我要泡一些屠苏酒。我也不想用华佗的老方子,只想用一味屠苏。你来的时候,管它是不是元日,咱们先喝将起来再说。或者到时候再叫几个比咱们年轻的朋友,先从他们喝起,把他们灌醉再说。

种水稻

我种过水稻吗？没有,但我曾一次次地从稻田边走过。北方有没有水稻？有的,不但有,而且还要比南方的两季稻好吃得多。大同东南方的繁峙县当年出水稻,每年秋天的时候人们都会开车去那里买大米,繁峙的大米可真好吃,要比天津的小站稻都好。但后来没了,因为那个地方到处开金矿,水被严重污染了,即使是再种水稻人们也不会再去吃了。孙犁先生想必是吃过繁峙的大米,因为他在那地方养过伤,虽然养伤的地方在一个名叫蒿儿梁的山上,但我想他的房东郭四当年也许会给他想办法去搞点大米吃。据繁峙县志记载,这地方有种水稻的历史,稻子分两种：一种是水稻,一种是旱地稻。我没见过旱地稻,我居住的那个小城的南边当年水域还算开阔,在那个名叫"水泉湾"的村子周边当年也种水稻,秋天的时候人们都去那里买大米,都说好吃,一季稻总是比一年两季的水稻要好吃,我认为只是因为地力足一些。

昨天晚上忽然做了下稻田插稻子的梦。梦中范小青就站在我的前边,她也在弯腰插稻子,她是插过稻子的,她自己说过。在梦里她挽着裤腿,居然穿了一条白色的裤子。我在梦里想,下稻田穿条白裤子,怎么回事?在梦里,我插稻子插得极熟练,这也真是一桩怪事,我什么时候插过稻子?在梦里,我居然会插,而且插得很好很快。在梦里,我还看到了蚂蟥,我是很怕这东西的,我从稻田里一下子跳了出去。就在这时候我忽然看到了醒龙,他站在那里笑我,说小小一条蚂蟥有什么可怕,醒龙笑的时候总是抿着嘴,很少见他会张开大嘴仰天大笑。我们就说蚂蟥的事,旁边有人说妇女下稻田插稻子的时候不小心便会被蚂蟥钻到身体里去,从哪里钻?这还用说,你不妨想想看。然后,醒龙就说在他们的乡间有一个土方,就是炖一碗香喷喷的红烧肉,然后,怎么说呢,让这个被流氓蚂蟥钻到身体里去的妇女脱下裤子蹲在那碗红烧肉上,不一会儿那条蚂蟥便会一扭一扭地出来了,它闻到香气了,它想吃红烧肉。但后来别人告诉我,醒龙讲的这个方法不靠谱,好的办法是要从稻田里找一盆稻田的泥,然后让那妇女蹲在那个盆子上,蚂蟥闻到了它熟悉的味道,它怀乡了,我想它肯定怀念它所熟悉的泥土的味道,它也不愿意待在那个从来都没有去过的地方,它马上就爬出来了。后来,我把这个事写成了短篇小说《劳动妇女王桂花》,小说挺好看,但有些细节被编辑删减了一下。小说显得干净了许多,但也不太那么好看了。好的小说,还是要好看的,要好看到放不下来,一碗饭端在手里顾不上吃,完全被小说吸引了,小说要写到这个份儿上。

小时候,我坐火车回老家,火车快到沈阳的时候就可以看到碧绿的稻田了,一片一片的稻子,稻田里水光粼粼的,那时候,只要一看到稻田我就知道快要到家了,但现在的沈阳附近已经没有稻田,更没有稻田里粼粼的水光。可能不少人还记着,当年沈阳一带的大米可真好。

从梦中醒来,我忽然由这个梦记起了江苏的东辛农场,就是在那里,我们当年开笔会,一群作家走在稻田的田埂上,范小青就走在我的前边,田埂有点滑,一步一步,我们都走得小心翼翼,两边的稻田里是粼粼的水光。

子夜火车站

昨晚围着大厚的围脖冒着严寒去火车站接朋友,是接近子夜时分的火车,冬夜的火车站意外的冷清,火车站子夜时分的冷清是冷清之外还要加上睡意,但又让人没法睡,这本来就是人们睡觉的时候,所以,冷清之外就多了一层睡意蒙眬,周围的一切都像是与自己有了距离,与自己像是没多大关系了。站台上冷清无人,好像连站台的那些灯也冷清而遥远了起来。站在寒风里,我突然想起今天是冬至,想起当年火车一到站马上就一拥而上的那些小贩。他们热烈地奔跑着,从这个车厢的窗口奔向另一个窗口,卖茶叶蛋的,那些热乎乎的茶叶蛋都在一个盆子里热着,盆子下边是一个小炉子,炉子里的火永远似灭未灭,盆子上边是一条小棉被——如果也可以把它叫作小棉被的话。从火车上下来的人,跺着脚,捂着手,一边用嘴给手呵着暖,一边抖过来了,天太冷了,他不抖不行,抖着掏零钱,抖着接过热乎乎的茶叶蛋,抖着剥茶叶蛋的皮,抖着站在那里吃起来。在这样寒冷的晚上,吃两颗热乎乎的茶叶蛋真不错。小贩还卖别的什么,都是热的。烧鸡,好香的烧鸡,真说不清有多少次,我坐着"轰隆隆"的火车经过内蒙古卓资山站,火车一停稳,我必定会下车买只烧鸡,喷香的卓资山烧鸡就着一整瓶的内蒙古67度"闷倒驴",寒冷与种种的不如意登时都一一离我远去。在那接近后半夜的火车上,周围是各种人的各种睡姿,各种人的睡姿还会加上各种节奏不一粗细不一的鼾声,那场景简直让人有点怀念。过去的种种生活形式,经过了时间的慢慢淘洗,现在再一一想起,忽然就有了某种说不尽的美感,简直让人十分的怀念。

又想起当年一到站掏几块钱就可以买到的猪头肉了,而且还是熏猪头肉——河北柴沟堡的熏猪头肉,那可真是民间大名品。猪头上最好吃的地方是猪嘴,柴沟堡的小贩把它叫"猪拱头",他会小声而亲切地对你说:"又碰到你啦,我这里还有猪拱头,要不要?啊,要不要?不是熟人我也不卖给你。""那当然要了。"我也小声对他说。熏猪头的猪嘴那地方的肉可真是香。这个必须重重地加一笔,那是多么好的猪头肉啊,那么香,那么黏糊。比如你不喝酒,但你可以来一个白皮饼子,让小贩给这个白皮饼子横拉一刀往里边塞几片猪头肉。在那样的火车站晚上,那熏猪头肉给人的印象可真是深。

火车马上就要到了,我听到了由南而来的汽笛声,但猪头肉我想却永远没有了,还有那些火车一停便一拥而上的小贩,是他们让这子夜时分的火车站有了某些接近节日的气氛……

角黍帖

　　五月端午必吃的食物是粽子,关于这一点,从南到北并没有什么两样。古人把粽子叫作"角黍",是因为粽子有角。粽子一般都是四个角,三个角的也有,但据说还有能包出五个角的。《太平御览》卷八五一引晋周处《风土记》:"俗以菰叶裹黍米,以淳浓灰汁煮之令烂熟,于五月五日及夏至啖之。一名粽,一名角黍。"古人包粽子以黍米,黍米即黄米,黄米很黏,味道亦特殊,昔时人们祭祖必用黄米,一碗黍米饭蒸熟,黄澄澄供在那里亦真是好看,若此时派糯米上场,恐怕就要被比下来,虽然糯米洁白,打年糕离不开它,但白花花的供给祖宗好像不那么好看。

　　说到粽子,当然离不开包粽子的粽叶,最好是苇子叶,水泽河汊处到处长有这种水生植物,但一种说法是要用新鲜的碧绿的那种,另一种的说法倒是一定要用隔年发了黄的,据说味道更浓,这倒让人不敢一下子就表示反对,就像是鲜蘑菇怎么也比不过干制的香一样。但要是画粽子,白石老人画的是那种碧绿的粽,如果用赭石画,也许会被人错认为是摆在那里的一两块石头。吃粽子要蘸饴糖,或者是玫瑰糖卤。没有听过把雪菜包在粽子里边，像吃雪菜炒年糕那样。当然肉粽子是咸的，但即使肉粽子是咸的，也少见有人要一小碟酱油过来蘸粽子吃。

粽子在中国可以说是一种特殊的食品，一是要在一定的时间里吃，当然你开一个粽子铺长年在那里卖也不会有人来反对，二是它不能拿来当作整顿饭来吃，只能像是吃点心一样吃一两个，然后该吃什么再吃什么。鄙人对于粽子的态度向来是喜欢肉粽，那种大肉粽，油汪汪剥一个在碗里，无端端看着就有一种富足感。吃的时候还真是要蘸一点点好酱油。一边吃这样的肉粽，一边再喝一点绍兴酒而不是雄黄酒，雄黄酒向来也不是用来喝的，而是用它在小孩子们的额头上画一个"王"字或点几个点。雄黄有毒，怎么能喝？京剧《白蛇传》里许仙让白娘子连着喝了几杯雄黄酒，他自己也跟着瞎喝，这真是让人担心。好在那也只是戏文，如果过端午节，人们真像许仙那样都纷纷地喝起来，到后来不是被蛇吓死而是早已被雄黄毒死了。端午节这一天调一点雄黄酒，也只是这里点点，那里点点，大人们是手心点点，脚心点点，小孩们是额头点点而已。还有那艾草，拿来剪作剑的形状挂在门头其用意不必细说，民间的各种禁忌说来皆有仙鬼在里边，民间的生活也缘此而丰富。

每年一次的端午节后天便又是一回，原本想写一点纪念屈原的文字，却忽然把话题扯到角黍上来。也正好借此说一回雄黄不能喝。

夏日记

夏天之难过在于动辄要让人出汗，而且容易长痱子，近得一民间偏方，小儿出痱子可以用生姜切片擦擦，比风油精之类要好得多。记得那年在峨眉山报国寺，一时肚子痛起来，老和尚命喝风油精，喝下去居然很快就好了，那是第一次知道风油精居然可内服，不管说明上怎么讲，总之是内服了一次，至今也没什么事。夏天让人难受的事还有就是胃口不好对付，吃什么都不香，而且很热的饭吃下去就要冒汗，而大量吃凉的也不是好事。比如把街上卖的冰棍一根接一根吃下去谁也受不了。冰箱现在是家用电器，买一大堆冰棍放冰箱里想吃就拿一根，这事让古人看见必会叹为大奢侈。其实冰箱古已有之，春秋时期吧，因为手头没有图谱可翻找，我平时没事总是爱翻看各种的图谱，知道春秋时期的大墓就曾出土过冰鉴，也就是古时的冰箱，把冰块放进去，再把要冰的食物放在冰之外的那一层里。在古代，乃至现代，为了对付夏天的炎热，都是要储冰的，那年在北戴河，就看见工人们从一个坡底的洞里往外取冰，拉了一车又一车，据说那是一个很大的储冰之所，冬天把大块的冰一块一块存进去，到了夏天再取出来食用。北京这样的冰窖想必不少,但储存在冰窖里的冰到底能存放多久?据说是可以保持一年都不化,一是冰窖要深,二是冰窖里储满了冰温度自然是很低,尽管外边是烈日当头,但里边的温度一定只能是零下。现在到处都有冷库,各地储冰的洞还有没有,我不得而知。还是应该有吧,天然的冰洞储起冰来会省下不少钱。新疆那边储冰,是先在地上挖很深的长方形的坑,然后把大块大块的冰放进去,上边再苫上草,覆上土,到了夏天再把冰一块一块地取出来捡到集市上去卖,叫"冰果子水"。"冰果子水"也就是杏干和葡萄干泡的水,再加上一些刨成末子的冰,在夏天,来一杯这样的冰果子水很是过瘾。

夏天之难过,有一个专用名词是"苦夏",但你要是看一看专门以割麦子为生的麦客,你就不会以为夏天自己是怎么苦了。麦客不是人人都可以当的,首先那热你就受不了。但我们可能谁都不准备去当麦客,所以不说也罢。苦夏之苦首先在于人们都没什么胃口,与我同乡的邓云乡先生说到了夏天最好是喝粥,粥菜便是咸鸭蛋,咸鸡蛋也可以。但你不可能一日三餐都在喝粥,所以还要吃些别的,比如面条,那就一定要是过水面,面条煮好捞在凉水里过一下,然后拌以麻酱黄瓜丝,再来一头新下来的大蒜。北方在夏天要吃捞饭,那一定只能是小米饭,蒸好,过水,菜是新摘的瓜茄之属,这个饭也不错。南方人的大米饭是否也这样用凉水过一过再吃?我在南方没这样吃过,也没听说过有这种吃法。咸鸡蛋确实是下粥的好东西,也是腌几天就吃，不能腌久了，咸到让人咧嘴。常见有人一颗咸鸡蛋吃两回，在咸鸡蛋的一头先用筷子弄个洞，吃的时候把筷子伸进去一点一点吃，吃一半，再找一小片纸把这咸鸡蛋的口封好，下一次再接着吃，大概就是这鸡蛋太咸了。

在夏天，唯有一个地方能让人好受一些。不知是读谁的小说，像是李贯通兄的小说吧，主人公病了，发烧发得十分厉害，又是夏天，大夫就让人把他扶到家里的大水缸靠着缸坐着，这不失为一种取凉的好做法。小时候，看王妈做凉粉，把搅成稠糊状的粉膏用铲子一铲一铲地抹到水缸的外壁上，不一会儿那粉皮就可以从缸壁上剥下来了，也就是做好了。买回来的黄瓜洗好了扔到大水缸里，拿出来吃的时候是又脆又凉。那种粉颜色的水萝卜，也是洗好了放在水缸里，还有西瓜，整颗放在水缸里让它凉着。这必须是那种大水缸，我的父亲曾把买来的十来条鲫鱼放在缸里养着，我对那水便有些嫌恶，父亲反说把鱼放在水里水会更好，而且做饭也用那水。虽然饭没有什么特别的味道，但我也不喜。家里的水缸，一年也是要洗上几次的，那样大的缸，洗的时候只有放倒，这便是小孩子的事，钻到缸里去，里边要比外边凉快许多。

那种大缸，现在市面上已经见不到了，茶馆里偶尔还能见到，种几株荷花在里边也不难看。

荠菜帖

承《钟山》杂志社的盛情去南京小住了几天，其间去看了赛珍珠的故居，说是故居，其实里边什么旧物都没有，只是赛珍珠曾在里边住过。那幢小楼派作他用已近半个世纪。故居前边有赛珍珠的半身塑像，不免要和她合影，合影的时候忽然想起读她的长篇小说《大地》，那已是二十多年前的事，台版繁体字，读起来别有味道。说来好笑，今天准备写荠菜，却忽然从荠菜一下子想到了赛珍珠。也是因为那句俗谣："三月三，荠菜花赛牡丹。"赛牡丹、赛珍珠、赛金花，前边都有个"赛"字。

荠菜是很好吃的野菜。在北京，到了吃饭的点，有时候就总是想念荠菜大馄饨，便给老友国祥打电话，坐了他的车一路飞奔，他开车，我负责四处张望，到处找上海老城隍庙小吃店，因为只有这家店有荠菜大馄饨。荠菜大馄饨比一般的馄饨要大上两三倍，不是两边尖尖四川抄手的模样，而是像一个长长的小枕头，一碗上来，清汤里八九枚这样的馄饨，极是好吃，馄饨里边碧绿碧绿的都是荠菜。除了和国祥一起去，我闲时常一个人去吃，一碗这样的馄饨，再要两个角粽和一枚茶蛋，很好了。几次拉了国祥去吃，他也说好。还有就是大早晨赶去庆丰包子铺吃荠菜馅包子。说实话去吃庆丰包子也只是吃荠菜馅,因为别处没有。庆丰包子的皮太薄,但又不是小笼包子,这就让人不能满意。现在想要找到那种发面大包子还不容易,馅好皮也好的发面大包子,三个便会让你大腹便便起来,这样的包子只好在家里自己做了吃。我往往是在庆丰包子铺买五个荠菜包子,然后出门往右一拐进到武圣羊汤店再来一碗羊汤,这简直是绝配。吃完早点,再一路朝南走,前面便是潘家园。

吃荠菜多年,我却没怎么见过荠菜,因为在我们那里是没有荠菜的。第一次见到荠菜还是在日照,路边有几个妇女在挑什么,每人挑了一小堆在那里,叶子碎糟糟的,一问,是荠菜。这便勾起吃荠菜的念头,居然在吃中午饭的时候吃到了一盘荠菜拌豆腐干,当然一律都切得碎糟糟的,味道却很清鲜。荠菜的味道很特殊,那一点点清香好像离你很远,很飘忽,但很诱人。

农历三月三,把荠菜花放在灶台上,据说一年到头蚂蚁都不会光顾,用荠菜花煮鸡蛋有什么典故或说法我一向不知,我是只问味道不问意义。虽说山西的北部没有荠菜,而我家中阳台上的那个蜡梅花盆里却长了不少荠菜,此刻已经开花,虽然按农历推算三月三还没到。

鸡鸣喈喈

凡家中养过鸡的人不难分辨出是雄鸡叫还是母鸡叫。早晨的鸡啼,"喔喔喔喔""喔喔喔喔",当然是雄鸡,而"咕哒咕哒"不停歇地叫起来,那一定是母鸡生了蛋,才会"咕哒咕哒"接连地叫好久。若是几只母鸡同时生了蛋一起叫起来,尤其是夏日的中午,是让人讨厌的。乡下的炊烟和远远近近此起彼伏的鸡叫,却向来又是代表温馨的事情。说到民间的养鸡,南方用竹编的大鸡笼,到了晚上鸡会自己跳进去;北方则是鸡窝,古人把鸡窝叫作"埘"。埘是在土墙壁上挖洞做的鸡窝,山西的黄土高原上现在还能看到,不但是鸡,鸽子也照样住在里边。这样的鸡窝,乡下的土窑洞挖七个八个都可以,如果住瓦房或一般的稻草薄土壁房则不大合适。北方不住土窑洞的人家养鸡照例是要盖鸡窝,鸡窝里要有能给鸡落脚的地方,鸡生来不会席地而卧,要搭几根木架,所以北方人把鸡窝又叫"鸡架"。一般人家养鸡,七八只或十多只母鸡就必要有一只雄鸡统领才不会纲纪大乱。母鸡们都知道那只雄鸡就是它们的首脑,会得到它的保护。鸡埘之上,照例还应该有一排让母鸡生蛋的小窝,这么说来,北方的鸡埘倒像是座二层的小楼。母鸡下蛋的小窝里要铺一些草秸。鸡其实和人一样,生产之前是孕妇,生产之后是产妇,只不过隔一天生蛋或一连几天都生蛋让人们司空见惯不以为意罢了。如果一只鸡要十年才会产一枚蛋,那鸡的地位也许堪比非竹米而不食的凤。

说到鸡叫,忽然想到了《诗经》里的句子"风雨凄凄,鸡鸣喈喈"。我小时候是比较讨厌下雨的,天一下雨,就不能出去玩,要如厕也会踩满脚泥。虽然有上海生产的那种橡胶雨鞋,但是碰上两三天连绵不断的小雨,真是让人心里陡生闷气。不但人的心情不好,鸡缩在鸡埘里也会不高兴。下雨,天气寒凉,鸡便会在鸡埘里发出一片"喈喈喈喈"的叫声,这叫声不大,像是在哆哆嗦嗦。有时候人还在被子里半睡半醒,就听到了外面的"喈喈喈喈",不用问,外面又在下雨,以鄙人的经验而言,只有下连绵不断的小雨,鸡才会"喈喈喈喈"地叫。天大冷,比如冬天来到的时候,鸡埘的门上会被覆以小棉被似的小门帘。即使是这种天气,鸡也不会发出雨天的那种"喈喈喈喈"。

至于"风雨潇潇,鸡鸣胶胶",则让人大不明白是什么情况。鸡能发出"胶胶"的声音吗?我好像长这么大都没有听过如此的鸡叫。也许"胶"的古音不是"jiao"而是其他什么音,也说不定。

田鸡灶鸡

家里来客人,有时准备不及饭菜,鄙人往往会让内子炒个鸡蛋救急。炒鸡蛋是道极容易做的菜,十个人至少有九个人会做。鸡蛋既有营养,又有多种做法,早上起来蒸一个鸡蛋,用不了多长时间就可以端上桌子,倒点酱油即可。或者是白水卧鸡蛋,也就是荷包蛋,也只需倒一点酱油,或者还可以撒些香菜末。香椿下来的时候就更不用说,鸡蛋和韭菜一道炒也很好吃,鸡蛋和西葫芦做馅的饺子更是素淡可口。我家的阳台特别大,而且南北各一个,便种了许多盆的薄荷。突然从鸡蛋说到薄荷,就是想说说鸡蛋炒薄荷,其实亦是一道很好吃的菜。我还喜欢用极辣的辣子炒鸡蛋,十分下饭。鸡蛋还可以做成变蛋或简单放点盐腌一下,夏天喝粥最宜。鸡蛋和西红柿也算是佳配,炒也好做汤也好,红黄二色均易增人食欲。鸡蛋的先天包装可以说是十分完美,是真正的严丝合缝,放在凉快的地方一个月没有问题,所以不少人家一年四季总是储有鸡蛋。我早上喜欢吃的另一种东西就是酒酿鸡蛋,酒酿是超市里的那种,如果碰巧还有汤圆,鸡蛋酒酿再加上几个汤圆,此外复又何求?

鸡属禽类,种类极多。但即使再多,也一如民间的顺口溜:

"天下活物多的来,也只公母两样哉。"民间的灶头,到了晚间会忽然传来"唧唧"之声,这是灶鸡在叫。灶鸡实是蟋蟀之一种,专门生活在灶间,昼伏夜出,专门吃人们剩下的米粒或别的什么,到了晚间便"唧唧"起来,也颇不难听,其模样可以说是蟋蟀的表兄表弟,只不过须子和腿显得更长一些。此虫虽善鸣,却不见有人养来听其鸣,北京十里河的虫市,蛐蛐、油葫芦、竹蛉种种多矣,而独不见此灶鸡。说到鸡,还有一种叫鸡的动物,却是生活在水域,即俗称"田鸡"的青蛙也。小时游泳,那种绿脊背红肚皮金眼圈的青蛙着实不难看。而把它捉来剥其皮而食之,让人心生不忍。

俗名"田鸡"的青蛙,在夏夜鸣叫起来,其声音可以传出很远。实在是扰人的清梦。"稻花香里说丰年,听取蛙声一片",那大概是在白天,人人都没有睡意,喝一点酒,但也不可能有稻花在旁边,没人会在稻田边上放一张桌子又吃又喝。所以诗词只能当诗词读,真正生活起来根本就不是那样。灶鸡的叫声却实在是不难听,很低,时断时续,若远若近,正好助人清梦。

也说肥肉

不久前去书店买到一本书,书名就叫作《肥肉》。现在人们不敢吃肥肉,一如行路避虎狼。而肥肉实在应该是好吃的,而这本书的好还在于买一本便可得猪肉一块,那一张肉票就夹带在书里,而且可以得到的居然还是猪身上最好的部位,这真是让人欢喜之至。看书多年,买书也非一日,这样的事也只在今年碰到过这一次,让人不免有躬逢盛世之叹。不免产生非分之想,如果再有这样的书出来,书名不妨就叫作《汽车》,但愿随书可得汽车一辆,哪怕它是普天下皆是的夏利。

从小吃肉,我最怕的就是吃肥肉,碗里或有一块两块,必定一一拣出。家大人不免要说上几句,我但说归说,不吃还是不吃。虽说不吃肥肉,而肥肉炼过油的油渣却真是美味。猪的肚子里的那两块板油是炼油渣最好的部位,炼到微黄,放到一边凉一凉,入微盐,真是好吃。乡下的滋油饼,便是用这油渣做的,把油渣细细剁碎直接和到面里,再放在铛里烙,烙好的饼只需往盘里轻轻一掷便松散开,十分好吃。肥肉在鄙乡还有一种顶顶好吃的做法,便是用来做杏梅肉。鄙乡的杏脯极酸,北京的杏脯就甜。这样的酸杏脯用水泡软,只把它和肥肉一层一层码在碗里上笼蒸,样子像极河南人推到街上卖的那种枣糕。蒸好,扣在朱漆大盘里,肉做琥珀色,即使是不吃肥肉的人也会不停地下箸。这道菜也只有过年过节的时候吃得到。再说到点心,好的点心,比如北京稻香村的翻毛点心或其他的各种点心,大多要以猪油来做才好吃,入口即化的那种感觉,也只能是猪油做的点心才能让人领略得到。功德林的点心用素油来做,和稻香村的点心相比,一个天上一个地下。猪油有猪油的好。传统的黄米饭,据说是清兵入关带进来的食物,人也吃得,祭祖敬神也用得,吃的时候就必用猪油和红糖来使之澥开,如不用猪油和糖把它澥一澥,这一碗饭就很难吃。每年过年,母亲照例要做黄米饭。我不吃黄米饭已多年,真是想念母亲。

兄长讲过一个让人害怕而又让人佩服的故事,说两个人比武,打一阵,其中的一个说今天就到此为止吧,两人便都退下,第二天再继续打。古人的好就在于知进知退,一旦击鼓鸣金,再不死死纠缠,奇怪的是第二天其中的一个人是越打越勇。便有人跟随了他,要悄悄看他有什么绝招。这个故事的结束,是越打越勇的这个人每每打完回家,便要生啖猪肚子里的那两片板油。这故事是家兄小时候讲给我听的,至今让人不忘。当时听这故事的时候真是觉得害怕,如果生啖白花花的两片猪板油才做得英雄,人活在世不做英雄也罢。

直至现在,家里如果用肥猪肉炼油,我照例会吃那油渣,嚼之有声,一阵脆响。

绍兴酒

家里以前煮鸭子，动辄离不开绍兴酒，那种挂酱色釉的小坛子，一坛子装五斤。一只鸭子放半坛子酒，鸭子还没煮熟，满屋子都已经是绍兴酒的味道。

北京的孔乙己饭店不止一家，无论哪一家，店门口都堆着些放绍兴酒的白泥头酒坛子。国祥请我和刘庆邦、李云雷在那里喝酒，大家说好了每人先上一大壶，然后再上一大壶，然后再上，还是每人一大壶。大壶是一斤，小壶是半斤，三大壶就是三斤，那次真是有些喝多了，送庆邦出去，看他一晃一晃往远了走，真怕他摔倒。那次喝酒要了臭卤干子、咸鱼，还有咸肉饼。喝绍兴酒不可不吃这三样，借此可以体会一下江浙一带的饮食风尚。坐在那里，忽然就想起了鲁迅先生《风波》里边描写的那碗白米饭，上边是一条乌黑的乌干菜，白米饭乌干菜，想想都有些让人动心，但孔乙己饭店里没有这样的饭，即使后来到了绍兴，也找不到这种饭，想吃这样的饭，看样子得坐乌篷船去找闰土的后代。

绍兴酒与烧刀子的老白汾相比，可以说是气味温良，不会一上来就吓你一跳。六十多度的老白汾，放在鼻子跟前，还没等喝,一股子酒的"杀气"便直冲脑门儿。而绍兴酒却是先让你放下了一切戒备,那个醉是慢慢积蓄起来的醉,一旦醉倒,要比白酒都厉害。绍兴酒要热了喝,没见有人喜欢喝凉的绍兴酒,但在绍兴酒里又是放红枣又是放话梅,却大不可取。我喝绍兴酒什么都不加,来一块干蒸咸鱼,慢慢撕了就酒,或来一只蒸咸肉饼,一点一点用筷子攕了就酒。茴香豆现在几乎是所有绍兴饭馆的招牌小菜。实际上这道小菜可以说是普天下都有。我家常年备有一大瓶小茴香,煮豆、煮鸡蛋、煮花生米都会放一些茴香在里边。

绍兴酒得一"厚"字,当然要是好一点的绍兴酒。喝绍兴酒,最好有一杯日本清酒在旁边,对比着品一下,你就知道什么是酒之薄,什么是酒之厚。或者是再有一杯高度烧刀子,你就更会知道什么是酒的温良,什么是酒的暴烈。

冬日暖阳,晒着那让人动辄起倦意的暖阳喝一点绍兴酒,很写意。而窗外若是漫天风雪,再加上老虎叫样的西北风,那你就最好喝高度的烧刀子,烧酒热肠,风雪高天,别是一种境界。

为什么喝酒?有乡下民谣如此说:"喝酒为醉,娶老婆为睡。"此话虽俚俗,却不无道理。喝酒不醉和喝白开水又有何异?醉亦无妨,但最好不要大醉,予以为以半醉为佳。真正的喝酒,不必大酒大肉,两三个知己,四五碟下酒物,足矣。

牡丹帖

当年画牡丹,总会把白乐天的那首"帝城春欲暮,喧喧车马度"的牡丹诗抄上。因为画牡丹,也不知用去多少蛤粉。那年秋天还曾去过一次菏泽,雾很重,也大湿冷,几个朋友于酒后去看牡丹,每人喝了半斤多烧酒,才不至于被冻得哆哆嗦嗦。也只是那一次,才知道牡丹最好是要在秋天的时候去种它,到第二年也许就会灿然地开出花来。还记得那一次朋友一边喝酒一边问"牡丹"二字是什么意思。这谁也不好说,这便牵扯到汉语造字造句的事。牡丹最早的名字是叫"鼠姑"或"鼠妇",就字面解,也一样是莫名其妙。牡丹在唐代的时候,就被人们喜欢到花开时节要倾城出动地去看,人们对牡丹的态度当用"倾倒"这两个字来形容。即使是现在,从乡间到城里也没有人会对它起不敬重之心,这倒不分南北。少年时冯梦龙的《灌园叟秋翁遇仙记》给人的印象最深,神话往往要比真实的历史还能让人相信且感动。武则天一道圣旨算是把牡丹贬到了乡民们的心里面,从此让人们都知道牡丹。在中国,你若说牡丹不好,人们可能会用另一种眼光看你,起码会认为你这个人很不解风情。牡丹的好,应该是在于它的雍容。日本人认为,一个优雅的女子，站着的时候应该像是芍药，坐姿则要一如牡丹，行走的时候要像百合，要垂着一点头，羞怯和谦恭是女性的美德。话说回来，可能也不大会有人喜欢一个昂首阔步的女人。即使是男人，动不动就要在那里昂首阔步，我想人们对他也不会太欣赏或大加赞叹，在他自己，也不见得轻松。在吾乡，年画或贴在窗上的剪纸有"凤穿牡丹"的纹样，广东音乐里有"百鸟朝凤"这样的曲子，也只有牡丹才配得起那五彩辉煌的凤凰。

忽然想起写关于牡丹的文字，是因为有朋友送来了两朵白牡丹，花虽白，却是紫色的蕊，便让人觉得虽是白牡丹，却十分妖冶。用牡丹插瓶，最宜用中国式瓷瓶，而且要大肚子的那种，白定的大瓷瓶或青花的大肚子瓷瓶都好，但最好不要用玻璃的那种，下小上大的梅瓶也不宜，插大朵的牡丹最好是上小下大。牡丹花开到最后，其姿态也只能用一个"卧"字来形容，大牡丹开足了，有大号碗的碗口那么大，感觉真像是一个美人在那里半倚半靠，姿态真是雍容。但只要有一两片花瓣凋谢，其他花瓣会跟着纷纷落下，春天也就彻底过去了。有时候天天盼着冬天赶紧过去，起码是在我，就是想看牡丹在春风里慢慢开起。

"十里春风不如你"这句话，我以为，原是用来说牡丹的，其他的花都当不起。有人这样说我，我亦高兴，觉得我自己是牡丹。

枯山水的波纹

佗助茶花

年前我在网上找东西，忽然就发现了有卖佗助茶花花苗的，不觉十分欣喜。云南的茶花虽多，但佗助茶花还是不多见。卜伴茶花虽相近，细看却仍不如佗助茶花好。佗助茶花不大，形状恰好像个小而深的酒杯，即使是开到快谢它好像还没完全开，喜欢插花的人都喜欢花的这种状态，骨朵或微开的那种。动辄插一枝大开的花朵，在真正懂插花的人中还不多见。佗助茶花的颜色并不是十分丰富，大多为红白两种，而白色的佗助尤被人们重视。茶花的叶片绿到发黑而且亮，插茶花往往是越少越好，几片叶子一朵花，半开未开静静地待在那里，而且茶花也特别合适日式的房间，日式的房间光线都比较暗，在幽暗的房间里白色的茶花才好看。

我在网上见到的那种白佗助是日本进口的小苗，因为已近腊月，这边又连着下了几天的大雪，所以我准备明年春天再去买。佗助茶花的学名我没有查过，但我知道它之所以叫这个名字，完全是因为日本的一个叫佗助的人最先发现了它。

这次去义乌让我最高兴的就是发现了佗助茶花，我在路边散步，它就端端地开在路边，人与花花草草的相见亦像是要有缘才可以。它待在路边,就好像端端地在那里等我,我离老远就觉得它是佗助了,让人高兴的是它果然是佗助,开着小小的绝美的花,只可惜它不是白佗助。

我说:"啊呀,佗助,你原来在这里!"

我与义乌的佗助茶花虽只初见,却像是猛地见到了多年没见面的老朋友。

哈密瓜帖

早上起来一边喝茶一边吃点心一边翻看大厚本的明清笔记小说，忽然就看到明清俚曲里有"哈密瓜、巴旦杏"之句，觉得这实在是天然好对，这可以叫作对吗？你说说怎么就不是对？那年我去西安，恰好赶上人们开小玩笑出了上联让人对下联，上联是"花女士想花就花不花白不花。"平凹兄对的是"刘先生想流则流不流白不流"，我说平凹兄对得不妙，且听我来对下联，我的下联是"焦先生想姓焦也得姓焦不想姓焦也得姓焦"，虽然字多了出来，已经不能算是对了，但意趣却大妙，其时焦祖尧先生还健在，饭间我对他说了此联，他一时大笑到喷饭，连说："你这个坏东西，你这个坏东西。"

因为看明清笔记小说而想到哈密瓜，依次又想到巴旦杏。此二物现在均还没有上市，不免让人舌下生津。哈密瓜的好，是只要一切开就有一股清甜之气扑面而来。瓜这种东西都很怪，比如西瓜，切开的时候也是一种凉意扑面而来，好像没有人研究过瓜在大热天的时候为什么瓜里边的温度总是要比环境的温度低？为什么？谁能说得上来。

好的西瓜，切的时候会随着西瓜刀的侵入"嘭"的一声裂开,这必定是好瓜,如果费老大的力气才能被劈开的瓜,那一定不是什么好瓜。而那种会"嘭"的一声裂开的瓜美中不足的是不会被切得一牙一牙的整齐好看。而切这种瓜的秘诀是先用一根筷子在瓜屁股那里捅一下,捅进去,抽出来,再捅,再抽出来,瓜农们叫作给瓜放气,这样一来,再切的时候瓜就不会"嘭"的一声四分五裂。

鄙人所居住的那个小城,到了夏天,人们喜欢打瓜,打瓜是娱乐性的小赌,也就是隔着瓜皮说出瓜里边是红瓜瓤还是黄瓜瓤,说对者赢,可以白吃一颗瓜,由输者出钱。而哈密瓜则不能用来打瓜,因为哈密瓜的长相几乎一模一样,灰色的瓜皮,浅黄色的瓜瓤,瓜皮上一律有宋瓷样的细密的冰裂纹开片。而若细分,哈密瓜与西瓜的甜还是小有区别,哈密瓜的甜是甜到腻,而西瓜的甜则是清甜。西瓜的吃法也就是个吃,切成一牙一牙人手一块,或者是来一颗瓜一分为二每人捧半个用小勺一勺一勺挖上吃,而哈密瓜的吃法就要多一些,鄙人小时候喜欢吃的那种哈密瓜干儿现在像是已经见不到了,一条一条的,放在上衣口袋里,随时摸出一条放在嘴里就那么吃起来,而不知为什么现在似乎已经见不到这种哈密瓜的制品,而西瓜是向来不能做成这种小吃的,西瓜皮可以做成糖冬瓜条一样的东西,但苦于没人肯去做。糖冬瓜条与哈密瓜干儿相比糖冬瓜条就没什么嚼头,拿来做小吃也没什么意趣。

哈密瓜地道的吃法其实还在新疆,赶路的人——当然是新疆的赶路之人，常常买几颗哈密瓜和几个馕放在身边，到吃的时候先把哈密瓜切开，然后把掰成一片一片的馕插到哈密瓜里，比如正赶着小毛驴车在赶路，那就继续走，就让掰成片的馕在瓜里插着，这个馕不能插进去就拿出来吃，须稍等片刻，让馕吸满了哈密瓜的汁水才好吃。我曾用西瓜试过这种吃法，把撕成片的馕插进西瓜，过一会儿再拿出来吃，但味道要比哈密瓜差远了，太水，不怎么好吃。

把撕成片的馕插进哈密瓜里，稍等片刻拿出来再吃是真好吃，这便也算是一顿饭，是穷人的饭，赶路之人的饭，今年我想吃一回这样的哈密瓜插馕，我住的西边有一家卖馕的新疆人，天天都有新烤的馕，但哈密瓜现在还没有，再加上我也不怎么懂哈密瓜，是真不懂，这真是吃东西也得学，人总不能像猪，什么都要吃，没头没脑乱吃一气而不长记性，吃像又难看，招人讨厌。

哈密瓜是几月才下来呢？西瓜和香瓜现在已经上市了，但独不见哈密瓜。

除夕的饺子

除夕晚上,国人大多都要吃一顿饺子。在东北,鲅鱼馅饺子算是上好的饺子,但我却不大喜欢,鲅鱼在南方沿海一带叫马鲛,大个儿的马鲛可以长到一米多,近年来已不多见。潮汕地区用马鲛鱼做的臭梅鱼倒是很好吃,做茄子放一点在里边,味道可真是冲。说到除夕夜的饺子,东北人向来是吃饺子就只吃饺子,不上别的菜,我至今还喜欢这么吃,只吃饺子而不再加别的什么菜,饺子才显得香,东北人把这种饺子叫作"光屁股饺子",我希望这个传统保持下去,有什么好菜大年初一再说。

小的时候,一过年我便会犯积食的毛病。积食的滋味极不好受,吃得太多了,一时消化不了,肚子胀且不说,嘴里还有一股很不好的味道,不过这种味道也能自己闻到。所以,小时候过年,大人总是要把山楂丸找出来给我吃几颗。这也说明过年的时候一下子把许多好菜都做出来端上桌并不是什么好事。长大后,我积食的毛病就没有再犯过。所以我认为,即使是过年,也不必要一下子把一年吃不到的东西都端上来,好菜好饭,最好是徐徐地上。

许多地方有这样的惯例,大年初一一定是要吃一天素,这个习惯我认为很养生,应该推广。在过去,也许是鱼和肉不足,除夕晚上大鱼大肉吃过,只好第二天的大年初一吃一天素,节约一点,却想不到这正好暗合了养生之道。说到吃素,我还想说一下素饺子。我曾在日本的寺院里吃到过很好的素饺子,馅料以香菇为主,其中还有炸过的油豆腐,当然要切碎,还有卤过的香干,当然也要切碎,还有俗名"金针菜"的黄花,也要切得碎碎的放在里边。当然,在国内的寺院里出家人除夕也要吃饺子,但我没有见过,国人的习惯是除夕一定要待在家里和家人们一起过,所以,除夕的晚上一般人不会去寺院。在寺院里吃到的东西总觉得要比别处的好,寺院里一年到头吃素,对怎么做素食有超越一般厨子的见解。再说到素饺子,普通人过年的时候,一般也会除了肉饺子再包一些素饺子。在北方民间,素饺子一定要先下锅煮,煮熟之后捞出来再煮肉馅的饺子。而这先煮出来的素饺子,一定是要先捞一碗敬给劳作了一年的老牛吃,俟老牛吃完这碗饺子,人们的年夜饭才可以开始。这种习俗一直延续到现在。

关于过年的文章作来作去,其实也没有什么新意可以写出来,但每到过年除夕一过,大年初一还是让人有一种万象更新的感觉。这种感觉,几乎是年年都有,初一早上起来,只感觉天地清爽,远远近近还响着零星的鞭炮声,出门看看自己写好贴在门上的对联,虽然还是老句子,但也觉得有无限的新意:

春随芳草千年绿,人与梅花一样清。

只此十四个字,忽然觉得自己果真也崭新了起来。对联的横批,我最不喜欢"大展宏图""鹏程万里"这样让人不得要领的句子,而我年年对联的横批也一定是老句子"四季平安",我们除了平安还需要什么呢?平安是福。

就像案头瓶里插的梅花,虽然年年都是它,却年年都令人赞叹,风雪之中,梅香如故。

陶器帖

　　老弟，你来信说这次在南方喝到了擂茶，这种茶在北方好像根本就没有，北方喝茶也没有先把茶叶放在火上烤一烤的习惯。擂茶我在南方也喝过，感觉其法甚古，里边除了茶之外还有些别的东西，比如芝麻和碎花生。我以为它颇接近北方的油茶，油茶里边也是什么东西都会加一些进去。内蒙古的奶茶也是这么个意思，先煮好一大锅茶水，然后再在里边加牛奶和炒过的草原糜子，草原糜子的颗粒比小米还小，除此还可以加些奶皮和酥油，总之，这样的茶让喝惯了绿茶和工夫茶的人看来简直就不是茶，而是一种吃食。烤擂茶用的那种带把儿的小罐不是陶制品，是砂器。砂器和陶器不同，陶器主要是用泥，而砂器是用砂，我这里现在还有许多的砂器在卖，比如熬中药的药壶和煮粥用的砂锅，都是砂器。但砂器不能替代陶器，比如乡下的夏天人们到地里去锄地，天很热，家里的人到了吃饭的时候会把饭菜送到地头，照例还要送一罐水。那么热的天，水要是用一般器物送到田头，凉水也怕要变成温水，如果装水的罐子是陶罐，那么水照样会是凉的，喝起来很是解渴。陶器应该是全人类最早用到的东西，也可以说陶器是人类文明的早期产物,青铜器或者玻璃器皿统统要靠后。

陶器的物件我家现在还有几件,比如那种很大个的红陶盆。北方人逢年过节都要吃糕,用的照例是黄米,黄米的学名是"黍",用黍做糕就离不开那种红陶盆子,这和南方用糯米做年糕不一样。年糕要捣,拿长柄的木槌在那里一起一伏地使劲捣,而北方人做糕却是要把黍子去皮磨面然后上笼去蒸,蒸熟后的黍米糕颜色金黄,再把其倾倒在盆子里,用两只手把它们团成团。团糕亦是技术,既不能把自己的双手烫着,又要在很快的时间里把糕团成团。团糕的器具最好是用红陶做的那种盆子,当然别的盆子也可以用来完成这个任务,但红陶盆子最好。一是它有分量,不会在团糕的时候把盆子一下一下地带起来;二是它也不容易把糕粘在盆子上。红陶做的盆子现在也不好买到,这种盆子过去是家家必备,比如生豆芽,用这种盆子远比用金属的盆子好,豆子也容易出芽。现在盖房的红瓦,当然也算是红陶。我最喜欢看红砖红瓦的房子,下过雨,红瓦颜色转深格外的好看,而下过雪呢,红瓦就更加的好看,红瓦白雪。

我曾在博物馆看到过很大的陶瓮,里边足足可以待一个人,据说在古代它恰恰是用来放人的,只不过是放死人,中国历史博物馆中著名的鹳鸟大陶瓮曾经就是放死人的。古代有一种丧俗叫作瓮葬,就是用瓮来装死人。这样的陶器我家里还有一个,是辽代的东西,只不过是挂了白釉,是圆圆的造型,一如韩国李朝时期的那种粉引月亮罐,当年也是用来放骨灰的,我现在却用它来插花,过些时候我准备用它来插一大枝蜡梅。

陶器从颜色上分,有红陶、灰陶、黑陶和白陶,而鄙乡多见红陶和灰陶,至于你说的绿陶我是第一次听说,我想,那应该是挂了釉的陶器,如果说没挂釉一出窑就是绿色,这还是第一次听到。

乌拉草

　　早上起来躺在那里读东北朋友王五和寄来的《东北风物趣谈》突然看到了乌拉草这一条。他在文中说,乌拉草只生长在东北,这未免有些太主观独断。乌拉草不光是东北有,别处也有,比如匈牙利、日本,还有俄罗斯,中国的四川、内蒙古也有,想必还有更多的地方长有这种草。

　　在东北,过去过冬一般人都离不开乌拉草鞋。我记得小时候老家曾寄来过乌拉草鞋,样子很土很笨也很特别,虽然现在看来有着独特的美感,但那时候我们说死说活都不愿穿。我们兄弟姐妹一共五个,鞋也是寄来了五双。我那时候已经上小学了,是小学二年级学生,数九寒天,我们站在操场上做操,猛听得地上"啪啪啪"的一阵响,但我们亦不会吃惊,我们明白是地给冻裂了,一指宽的一条缝已经出现在我们的脚下。这条缝很长,数九寒天地被冻裂在北方是常见的事,但这种裂缝一般都一指来宽,人不会掉下去,也不会影响人们的生活。过去学校的操场是泥地,数九天站在学校的操场上你只能像兔子一样不停地跳,因为实在是太冷,两只脚受不了。于是,家大人便想到了老家的乌拉草鞋,便写信回去,不久乌拉草鞋就寄了过来,不是皮面是布面的那种,但做法和皮面的一样。鞋子上打满了褶子,很像是包子皮,然后有一根带子可以把褶子抽紧。鞋的里边就是乌拉草,白的,很软,是经过了反复的捶打,把挺硬的草给打柔软了,再絮到鞋子里去。五双鞋放在那里,我们兄弟姐妹五个谁也不愿穿,但后来我还是穿了几天,走在路上脚不再觉得麻木。说到数九天的冻脚,脚并不会被冻疼而是被冻麻冻木,冻到失去了知觉的时候脚就该生冻疮了。这时候就要用到茄子的枯秧,每年秋天家大人都会跟菜地那边要一大捆茄秧,茄秧煮水可以治冻脚,如果脚上有了冻疮,用茄秧水洗洗泡泡很快就会好。我家南边用以储物的小房的墙上一入冬总会挂着一大捆茄秧,那几双乌拉草鞋我记着后来也被挂在储物的小南房墙上,再后来,不知其所终。

过去有一种人人皆知的说法:东北有三宝,人参、貂皮、乌拉草。现在好像许多人都不知道三宝为何物。乌拉草可以做的东西大多都与防冻有关,比如用乌拉草做的草褥子,现在也见不到了,用乌拉草做的草褥子据说可以直接铺到雪上,人睡在上边一点事都没有。乌拉草用之前必须反复不停地捶打,直到把它的纤维给捶软,用东北话说就是捶成"毛儿"。乌拉草为莎草科薹草属多年生草本植物,采集的时候不知道为什么不用镰刀,只用手薅,一般在中伏天,其时天大热,用手将乌拉草整棵地连根拔出绝不是个轻松活儿。老友王五和文中说:"古埃及也长有乌拉草,他们做莎草纸的原料也正是这种草",我还有几句话要说。古埃及书写所用的莎草纸,又称纸莎草、莎草片,是使用盛产于尼罗河三角洲的莎草的茎制成。大约在公元前三千年,古埃及人就开始使用这种莎草纸,并将这种特产出口到古希腊等古代地中海文明的地区,甚至遥远的欧洲内陆和西亚地区。对古代写在莎草纸上手稿的研究,或称为"纸莎草学"。但制造这种莎草纸的尼罗河三角洲的莎草习性很像芦苇。它们的茎秆笔直坚韧,可长到三米多高,顶部是修长的叶子和扇形的花簇。古埃及人还用这种莎草茎搭建房屋,或者用来做小船,那时候的人也许站在岸上就可以经常看到人们驾着莎草茎编成的小船往来于尼罗河上,可见尼罗河三角洲的莎草和我们的乌拉草并不是一回事。

吃螃蟹

白石老人画螃蟹，用笔精准，感觉真是好。白石老人作画素喜薄纸，唯画螃蟹却用另一种纸，一笔下去再接一笔，一笔下去再接一笔，螃蟹的八条腿皆动。吴作人先生也喜欢用这种纸，画金鱼画骆驼，用墨行笔，笔路极是清楚。白石老人笔下的螃蟹与虾，直到今日无人能望其项背。说到螃蟹，家大人说乡下人打上灯笼去地里的高粱穗上捉，相信这是真实的生活，如果虚构，哪能知道螃蟹会爬到高粱穗子上去？螃蟹之味美，在其蟹黄和蟹膏，时下酒肆饭庄，喜用咸蛋黄替代蟹黄，"蟹黄豆腐"也只好叫作"咸鸭蛋豆腐"，只是颜色相仿而已。海蟹比之河蟹，味道相去甚远，吃海蟹如没有工具，非好牙口不行，海蟹是硬盔硬甲，下锅之前如不处理，是给食客出难题。河蟹壳软容易对付，但一桌十人，每人两只螃蟹，顷刻之间满桌狼藉，且不说食客的嘴上手上，服务员忙不迭地递纸巾，一时间桌上地下白花花一片。请客吃螃蟹麻烦不少，剔剔剥剥还耽误说话。所以想吃螃蟹最好回家，热两三斤老绍兴酒，足可细吹细打，自己家自己做主，只管把细功夫放开慢慢来。

家父吃蟹只吃蟹黄和蟹膏，腿和螯上的肉向来不动，嫌麻烦,这便是东北人。过去吃蟹不像现在轰轰烈烈的,被当作一件大事。那时水产多多,螃蟹算不上什么正经东西,大一点的上市,小一点的都做了虾酱,更多的是做了腌蟹,一般人还不愿吃,不像时下,普天下几乎所有的螃蟹都一齐叫了阳澄湖大闸蟹。过去家里吃蟹,动辄买一蒲包来。放大盆里洗,一时螃蟹乱爬,捉东捉西好不热闹,煮熟上桌,随意劈剥。吃到后来,只可怜母亲一个人在那里辛劳,把吃剩下的蟹腿蟹螯细细拆开,把里边的肉再一点一点剔出来。隔天母亲便会把剔剥下来的螃蟹肉都放在猪油里边滚几滚,制成螃蟹油然后放在一个坛子里封存起来,日后吃面用,一碗面煮出来,放些酱油和葱花,再挑一些螃蟹油在里面,这碗面真是够鲜美。那年在杨春华家与周一清喝酒,杨春华在那里弄螃蟹,一时螃蟹大突围,争先恐后满地爬,杨春华好一阵子捉来捉去。周一清好酒量,后来又来毛焰和苏童,直把我喝倒。杨春华的菜做得有手段,颜色与味道俱佳,有一道菜是油焖笋,味道之好,至今难忘。

小时候猜谜,有一谜语是"说它丑它真丑,骨头包在肉外头",便是说蟹。对时事不满的画家画螃蟹,有愤然题"看你横行到几时"的。想想,恐怕螃蟹永远不会改变它的路数,八条腿一起挪动,它也只好那样横着来,再进化一万年,相信它也不会在天上飞。画家多爱画此物,但还要数白石老人手段好,只用墨色,腹白壳青。

红湘妃

竹子好，但北方没多少竹子可看。山西是个没竹子的省份，但陕西有，西安有一处地名就叫作"竹笆市"，那地方专门卖竹子，满坑满谷都是用竹子做的用具，从小板凳到大床。说到竹子，北京也有，但不多都是细细的那种，这种竹子的竹笋也可以吃，但没多大吃头，眼下各地饭店像是都能吃到这种手剥笋，聊胜于无而已。朋友世奇前两年送我一盆紫竹，一连抽了三个笋，很快就拔出了竹节。紫竹刚刚拔出来的嫩竿是绿的，及至长高，颜色才会慢慢转深，直至紫到发黑，你说它是黑竹也可以。北京有一处地名就叫作"紫竹院"，很好听，有诗意。广东音乐里边有一首曲子叫作"紫竹调"，欢愉而好听。是欢愉而不是欢快，听起来像是更加云淡风轻。说到紫竹，传说中的观音大士和白鹦哥就住在紫竹林里，以紫竹比绿竹，好在颜色上有变化，绿叶而紫竿。

竹子在民间庸常的日子里与人们的吃喝拉撒分不开，过去打酱油打醋打油的提把就是用竹子做的，特别耐用，好像总也使不坏。竹筷子、竹饭铲更不用说，还有竹躺椅、竹床、竹凳等等，大者还有竹楼和竹桥。如在炎炎夏日，晚上抱一个竹子做的竹夫人入睡,一时有多少清凉,要比空调好。用竹子做东西,比较有创意的是日本茶道大师千利休,他用一截竹筒做的尺八花插至今还收藏在大阪藤田美术馆。大阪藤田美术馆还收藏了元伯做的竹船形花插,也是一段竹子,以这样的花插插花符合茶道精神,也朴素好看。

说到竹子,不好统计世上的竹子到底有多少种。我以为可以入盆栽的龟背和罗汉其实并不怎么好看,最好看的竹子还应该是斑竹。斑竹又分多种,常见的是梅鹿、凤眼、红湘妃,这三者,要说好看还要数紫花腊地的红湘妃。毛泽东的诗句"斑竹一枝千滴泪,红霞万朵百重衣",真正是浓艳浪漫。我在家里,喝茶或品香向来是不设席,要的就是随随便便,但有时候会剪一枝竹枝插在瓶里,我以为这个要比花好,朋友们也说好。尤其是品香,插花是节外生枝。

湘妃竹之美是病态的美,是竹子受了真菌感染,慢慢慢慢生出好看的斑来,古人的想象毕竟是不同凡响,把竹上的斑斑点点与舜之二妃联系在一起。古书《博物志》记云:"舜二夫人曰湘夫人,舜崩,二妃以涕挥竹,竹尽斑。"湘妃竹之称始成立。湘妃竹分红湘妃和黑湘妃,红湘妃是让人一见倾心。现在市上的红湘妃很少见,一支红湘妃香筒动辄千元,前不久有清代红湘妃臂搁拍出惊天之价,区区片竹,拍了二十五万元。说到文玩,红湘妃着实是雅,但这雅是养出来的,要主人把它经常带在身边,经常用,经常用手去摩挲。玩玉有"脱胎换骨"一说,玩湘妃竹也当如此，玩久了，红湘妃骨子里的韵味才会焕发出来。

红湘妃竹很少有大材，停云香馆近来示人一红湘妃臂搁，地子虽不够黄爽，但尺寸却少见。十多年前，我曾定制红湘妃笔杆做毛笔百支，自己没用多少，都送了朋友。现在如想再以红湘妃做笔杆或许已是颠倒梦想。

红湘妃少有，要是多了，遍地都是，还有什么意思？

胡里胡外

在我所居住的那个小城的乡下，和尚和道士们的庙观都一律能受到民间信士们的香火侍奉。除此之外的其他许多古迹却得不到这种待遇，比如北魏一朝的永固陵，虽然文明太后死后就葬在那里，但一般的老百姓并不把这当回事，该在陵墓边种地就种地，该在陵墓边放羊就放羊。到了冬天这里的雪下到半尺深是打兔子的好地方，便有人来打兔子。发思古之幽情的向来是诗人和多少有些文化的人。靠近永固陵的那个村子名叫"黍地沟"，可见当年这里种了不少黍子。黍子是中国本土的产物，北魏时期的丹阳王墓出土的墓砖上就依稀有黍子的图案，当然还有高粱，而其他的许多东西诸如胡麻和胡芹、胡萝卜和胡枝子，便是汉代从西域而来，当然还有玉米和土豆，还有辣椒，都是从外边传来。黍子直到现在依然还是这一带的主要农作物，黍子的穗并不像粟那样紧致，而是松散的，秋风吹动黍子发出的声音细碎而颇易惹人惆怅。其实没有一点意思，只是忽然于午睡之时想到，因为节令已经入伏，气温一下子就升了起来，让人躺在那里汗出如浆怎么也睡不着，不免东想西想，不知怎么就想到"黍"字上去了。"黍地沟"是专门以

"黍"命名地名的实例,但这地名是否古远到可以在《魏书》里查到,我还没有查过。说到黍子,便还有必要说一下粟,在一般人那里,黍和粟像是分不大清,但你说小米或者说黄米,一般人便会明白这是两种互不相关的东西。

"胡"这个字眼,有些贬义在里边,比如说"胡说",就是你在瞎说,起码你所说的话是不靠谱或者是不可信,或者是你说的话别人根本就不懂,再比如外边刮大风,刮得天昏地暗,照例是有一句话形容这情景,便是"这风刮得胡天胡地"。这话并不是现在人的发明,早在唐朝,就有"胡天八月即飞雪"的句子。照这样说下去,胡天的颜色应该是昏黄的,而不是湛青深远的那种色。

我现在的睡床是那种大床,上边铺着很厚的棉褥,三伏天睡在上边并不怎么舒服,还需在上边再加一领竹编的凉席才可以,要想睡得再凉快些,就不免让人想到了胡床。胡床是可以折叠的,其实只是一个大木框,木框上边是穿了绳的,一旦打开,绳子就绷直了,就是床,很像我们现在用的马扎,而我们现在用的马扎其实亦是胡床的一种,准确一点应该叫"小胡床",而睡人的胡床是更大一些,打开,在上边铺一点简单的卧具,人躺在上边应该是很舒服的。胡床好,但现在市上恐怕没的卖。如果有的卖,估计许多的人都会纷纷去买,睡在上边凉快一夏岂不快哉。俟夏天过去,再把它折起来立在什么地方即可,也不太占地方。

171

说到胡床,瘦人睡在上边比较好,如果是一个大胖子,赤膊赤臀地睡在上边,身上会被勒出一道一道的印迹来,如许久散不去,再那么走到街上去,人们还会以为他刚刚受到了什么酷刑。在北地的内蒙古草原,不知道现在还有没有胡床。我去过几次希拉木伦也没见过此物。胡床之可以随时合起来或打开也与古时胡人的行军打仗随时迁移分不开。

菖蒲帖

周二先生很少写新体诗,但风气所致,他早年竟也写过,并且有些句子与众大异。比如《饮酒》这首,不妨略引:"你有酒吗?你有松香一般的黏酒,有橄榄油似的软酒,我渴得几乎恶心,渴得将要瞌睡了,我总是口渴,喝的只是那无味的凉水,你有酒吗?"独看这首诗,周二先生像是十分喜欢酒,而且他的文章《谈酒》也告诉读者他平时是喝酒的,一如他的兄长大先生,量不大却喜欢喝,而且温良的绍兴酒和刀子般的二锅头都来得了。周二先生的《饮酒》这首诗说不上好,但"松香般的黏酒"却出乎一般人的想象。

说来好笑,当年我在一个杀猪的屠户那里,很想看他怎样给那颗猪头燂毛,于是便看到了那一整锅熔化了的松香,端然坐在大铁炉子上,那黏稠的松香在锅里做黏稠的缓动,或"噗"的一声,或再"噗"的一声,不停冒泡,把一颗完整的猪头慢慢放进去再捞上来,等猪头上的松香凉到坚固,一敲两敲,猪头上的猪毛就随着碎落的松香下来了。而我想酒再黏稠也黏稠不到松香那样,即使是西安吴克敬兄请我喝过的那种稠酒也没那么稠,究竟是怎么回事,周二先生居然用松香来形容酒?

但这是诗，不是教科书或某种土特产的介绍，所以不必细究。而周二先生的这首诗却让我忽然想到了菖蒲，这简直是更加的奇怪。为什么会看着这样的诗却想到菖蒲？真是说不清。所以就不妨说说菖蒲。

过端午节的时候，乡下人会一担一担地把碧青的大菖蒲叶挑进城来，和菖蒲叶同时进城的还有苇叶，当然还会有味道极清的艾草。大菖蒲叶很大，一旦被剪过，便是宝剑了，挂在门首，是专门用来对付五毒的。这样的绿色宝剑也只能在门首上挂一两天。到了端午节那一天，据说五毒虫都统统"金命火命，奔逃无命"地躲起来去保命了，很难找到一只两只，无论蝎子还是蜈蚣，用民间的说法就是"五毒躲雄黄"，或者就是在躲那菖蒲宝剑。上一次，在北京朋友的茶桌边曾见到大菖蒲，真是出人意料之外的大，起初不以为它是菖蒲，倒以为是大叶子蕙兰。说到菖蒲，文人雅士或者那些既不文也不雅的士，现在都喜欢养菖蒲，但人们喜欢的菖蒲照例都是长不大的那种，即使长大了也团团的仿佛只有清代的"花钱"那样大。这样的菖蒲可以种在酒盅大小的陶盆里，既不占地方又可以多种，唯这样的菖蒲才有资格放在案头去与琴砚古书为伍。而大菖蒲却没这种资格，人们总是把大菖蒲种在院门口或院子里，据说亦避五毒。

说到菖蒲，必要提到的一个人便是虎门的谁堂，其所植菖蒲之多之好是朋友们之间乐于说道的事情。许多人专门去虎门,便是为了去看他的菖蒲。四五月之交的时候,谁堂曾寄一钱菖蒲过来,因为家里没有人,草蒲便被放在门口药铺里达十天左右,及至打开包裹,不免让旁边的人吃惊起来,那菖蒲钱钱一团,仍然碧青。谁堂现仍客居虎门,日日治印于菖蒲之侧,看他照片,平头布衣真是大气。

也许谁堂肯著一书以专谈菖蒲,书名倒不妨就叫《菖蒲经》。

汤婆子帖

在云南纳西族人家的木楼里吃饭，大家在木楼的下边围着那火塘烤火，忽然就觉得火塘里的那个黄铜火架十分可爱。马原说他也要搞一个，还要在家里做一个火塘，朋友们去了可以一边烤火一边喝茶一边说话。时间过了一年，也不知马原的火塘做好没有。此刻外边下着雪，可以肯定的是马原那里不会怎么冷，但也不会很暖和，他此刻也许正在一边烤火一边喝茶。在火塘旁边喝茶，最好不要用紫砂壶，就用那种大号的搪瓷茶缸，里边应该是酽酽的砖茶，喝一阵，再续一些水进去，大茶缸就放在火架的宽沿上，水就总是热的，这种生活令人向往。在古时，到了冬天，人们离不开的东西有两样：手炉与火盆。手炉里要放几块点着的木炭，可以放在书案边，写字的时候时不时把手暖一下，或者坐在外边晒太阳时，手里抱着个手炉，周身便都是暖意。如果不用手炉，那就必要有一个汤婆子。汤婆子让人想到竹夫人，虽都是居家的日常用品，却起了这样女性化的名字。汤婆子和手炉不同的地方是汤婆子里边要灌热水进去，等里边的水凉了就再换一回。汤婆子大多是铜制品，外边还要有个套，这样抱在怀里不至于烫手。还有就是陶瓷做的汤婆子,虽然好用,但一不小心容易碰碎。而我家以前经常用的都是铜的汤婆子,冬天的晚上,母亲会把汤婆子放在被子里给我们取暖,后来有了橡胶的暖水袋,汤婆子就很少再用了。即使是现在,有时候翻找东西,就会看到放在角落里的汤婆子,忽然就有一种亲切感,还好像有些对不住它,让它在那里兀自冷落。只要一看到那汤婆子,仿佛就又看到母亲在那里往汤婆子里灌开水,然后再把盖子旋紧,再把用几层布做的套子套上。天气最冷的时候,家里每人都会有这样一个汤婆子。因为是铜制品,不用的时候要把它口朝下控一控水。数九寒天,客人来了,母亲会马上给客人灌一个汤婆子让客人用两手抱着取暖,水壶在炉子上"吱吱"响着。

汤婆子现在很少有人再用,想要一个汤婆子还未必一下子就能买到。但仔细想想,一个汤婆子用上几十年是没有问题的,这一辈用过能再传给下一辈。橡胶的暖水袋就未必,用一两年就坏掉了。还是铜的汤婆子好,暖暖的抱在怀里,那滋味,在冬天,真是惬意。至于火盆和纳西族人用的那种火塘里的火架子,在城里是既少见,又没处买。至于把一个火盆放在椅子下,人坐在椅子上烤屁股的事,更是只能在明人的札记里见到。在日本,用火钵的地方还是到处可见,是那种比较大的瓷缸,缸里放一个火匣,人们团团围坐在旁边说话或做事,这又和我们的火盆有所不同。

最冷的时候,我想也许要使用一下家里的汤婆子。汤婆子上边的布套子还是母亲一针一针所做,三四层布吧,上边有两根带子,也是母亲亲手所做。母亲离开我不觉已经十年。其间,我搬过几次家,但无论搬到哪里,汤婆子总是放在我一眼就能看到的地方,看到它,就像是看到母亲。

清粥谱

　　清早起来能喝到一碗热乎乎的粥是幸事，一是厨下要有米，二是要有人能够给你熬。晚上能喝到一碗清粥亦是幸事，一是厨下要有米，二是要有人给你熬。喝完粥在灯下看一会儿书，唐诗或宋词乃至明清谈鬼的小说，慢慢一字一字读来，身心一时俱是清净。说到喝粥，就粥最好是小菜，保定的酱八宝或六必居的姜丝菜或桂林的乳腐均可，这是晚上。如果是早上喝粥，最好来一颗高邮的双黄咸鸭蛋。高邮的咸鸭蛋之好，汪先生已经大说特说过，这里不必赘言。喝粥就是喝粥，除此，再不要别的，才算是喝粥。若是大张旗鼓地来许多菜，便不是喝粥。品茶、喝粥，多少有些禅意在里边，就在于它的简单而味道绵长。说到白粥，也就是别的什么都不放，只放大米或是小米，便是白粥，这是白粥和八宝粥、绿豆粥或红豆粥的区别。各种粥品，以白粥为上，喝白粥宜用黑瓷大碗，碗中若有喝不干净的地方，一眼便能看到。是为喝粥。

猪鬃记

每次去和平门那边的琉璃厂，我总是要到卖笔的铺子里去看看，琉璃厂的西边笔铺子多一些，大大小小不知有多少家，家里虽说有许多的笔，但还总是要看笔买笔，虽然买了也不见得就会马上用，但心里总觉得要是现在不多买些放在那里，以后好笔会越来越少。前几年还能见到的那种笔杆上手工刻字的笔，这几年几乎都见不到了，毛笔杆上的字几乎都是用电脑刻了。电脑刻字难看，让人心里很是不舒服，五六年前我给自己定做一批笔，事先说好了一定要用手工刻，现在还想再定做一批画工虫的小笔和画山水的猪鬃笔，只是不知道还能不能找到可以在笔杆上刻字的师傅。如果能找到，一次就定制五百支或一千支。其实做这么多笔很难用完，其中一多半都是送了朋友，但如果能找到好刻手，即使用不完也要多多定制。毛笔多了也容易招虫子，所以要在存放毛笔的箱子里放几块香皂，最好是那种上海牌的硫黄皂。我平时洗浴洗脸都用这种硫黄皂，因为用得时间久了，居然觉得那味道还很好闻。即使是很难闻的那种猪鬃笔，一旦和硫黄皂放在一起，猪鬃的臊味也会减淡。说到猪鬃，过去的鞋刷子和别的什么刷子几乎都是猪鬃做的,没有什么动物的毛能硬过此物。我现在用的一把谭木匠头发刷子就是猪鬃所制,每天用它梳一下头,很是过瘾。说过瘾其实不准确,是很刺激,头皮被梳得既痛且痒。一边梳一边想,猪鬃可真是好东西,怎么会有这么硬?因为买猪鬃笔,才知道过去最便宜的这种笔现在也越来越贵。一是因为现在猪鬃不好收,过去是从国营的大屠宰场里去取,大型的屠宰场一天要杀多少猪?杀得少了都像是对不起那流水线,所以猪鬃多的是,几麻袋几麻袋地收回来再慢慢挑选梳理。二是因为书画界用猪鬃笔的人本不多,除了画山水的画家会用到,画花鸟和写字一般都不会挑选这种笔。其实猪鬃笔亦是可以用来画花鸟和写字,而且出来的效果很是特殊。那一次去南方写生,出去之前整理写生用的东西一时粗心只带了两支猪鬃笔,想不到临到画的时候才发现它的好,梅花的老干老枝,用猪鬃笔画出来特别有味道,梅的花朵也一样,一下笔就已经是重瓣、点蕊,只需下两三次笔,都在那里了。用猪鬃笔写字,下笔便到苍茫之境。笔之中,石獾算是硬,但若与猪鬃比,只能说它软。

一支中号的猪鬃笔,现在要卖到 35 元一支,若是买十只便是 350 元,价格不能说便宜。羊毫更贵,但长锋羊毫用起来太软,需加健,以前的加健需用狼毫或鼠须,更多的是用猪鬃,现在却统统都用了尼龙丝。尼龙丝不会吸水,也不会被水泡久了软掉,而动物的毛,无论是狼毫还是鼠须,一旦着了水便有变化,所以用起来没有那种怪怪的感觉。试想,你拿一支笔写字,写到后来笔头上忽然冒出几根挺硬的尼龙毛来,这是让人看上去极不舒服的事,其实也未必会影响到写字和作画。

最近和笔庄联系了一下,我要再定制一批猪鬃笔,说好了我自己去找猪鬃,这想必不太难,有猪在就有猪鬃。我的想法是找白黑两种的猪鬃,白色的猪鬃配一般的竹管,而黑色的猪鬃要配紫竹竹管,笔的两头不加牛角,从小到大我一直喜欢这种直管的笔。也就是依古法所制之笔,去博物馆所能看到的汉代或宋代的毛笔没有不是这样的。

记紫藤

早上起来收拾案头，外边有鹁鸪在叫，鹁鸪似是鸽子的近亲，只是脖子细一些，上有细碎的黑蓝色斑点，飞起来的时候尾羽上有比脖子上的斑点大一些的白斑。鹁鸪在民间的名字是布谷鸟，春天发情，雌雄互唤，其声"布谷、布谷、布谷、布谷"颇不难听。鹁鸪鸟其实一年四季都在叫，而其大叫特叫的时候，一定是在春天，也正是人们播种插秧的时候。民间的各种传说向来是以人类的生活为中心，便说此鸟这样的一声接一声叫，是在催人们下田播谷种黍，所以人们对鹁鸪鸟便有好感。一边听着鹁鸪叫，一边洗过笔，案上恰有裁剩的纸头，想想紫藤马上就要开花，不免画一回紫藤。花鸟画，凡是有枝有叶有花或无枝无叶无花者似乎皆可入画，而唯有紫藤，大笔小笔草书细楷均可以在里边，所以历来喜欢画紫藤的画家不在少数。任伯年紫藤的细叶和花穗好，白石老人紫藤的老干细枝传神。但画紫藤，极容易让人下笔流于轻狂，一旦收束不住，便坠恶俗。与紫藤相比，说到各种笔墨都可以得到施展的，棕榈树也像是合适入画，大笔小笔枯笔润湿之笔都可笔笔相加在里边，破墨法用在棕榈树上尤其好，其棕榈主干之上的残枝断梗，一笔下去，入主干的部分已被淡墨破开，没入主干的部分依然墨如硬铁，煞是好看。曾在杨中良的画室中醉眼看一幅白石老人的四尺棕榈，那天本来喝了一场大酒，走路都要人扶，一看到白石老人的这幅棕榈，当即便酒醒一半，从此信是好笔墨可以醒酒，原不必什么醒酒汤。

说到紫藤，北京晋阳饭庄植有一本，盘屈狂怪，龙蛇乱走，一边吃饭一边隔窗看去，繁花真是一如紫云！据说这株紫藤是纪晓岚当年亲手所植。北京的各种旅游册子上，介绍到晋阳饭庄每每都要说到这株老藤，许多人也不是专门为了看这本紫藤才去晋阳饭庄，但每每去那里吃饭便不由得看起来。但在我的眼里，总觉得这本紫藤没有青藤书屋的那株好，青藤书屋之西墙与院子里的西墙间距不足三米，而那本紫藤便长在这不足三米的过道的北边墙下，墙下叠有山石，那株紫藤老干屈屈，上上下下，书法绘画之笔法都在里边。

北京有一种小吃，是藤萝开花时的时令小吃，就是藤萝饼，味道和槐花差不多，我不知道这个藤萝饼里用的藤花是否就是紫藤的花。紫藤在北京广有种植，公园里到处可见。紫藤在南方也到处可见，开花也一如紫云，但是有人嫌紫藤长得太"啰里啰唆"。用"啰里啰唆"形容紫藤，可以说是有创意。

画紫藤，不妨乱一点，但要收得住场。

毛笔帖

民间的"六月六,晒衣裤"其实古已有之,《世说新语》里的那位没有华衣可晒而把大裤裆裤子拿出去晒一晒的主人公,一时想不起他是谁了,足见鄙人读书是胡看,并不想牢记什么。其实也不必记,虽然有备忘录在那里,但备忘录也只是记一些怕给忘掉的事,比如答应给谁写一幅字,或某某几号请去吃酒的事。这种事一定要记清了才好,有一次我们几个朋友被另一个朋友请去家里吃酒,就那么稀里糊涂地去了,已经是到了吃饭的时间,主人和急匆匆赶去的我们相对而视一脸的迷惘,主人好像已经忘了答应我们去吃酒的事,后来是大家都笑起来,原来讲好吃酒的日子是第二天,而我们统统都记错了,头一天便赶了去。所以请吃或吃请这种事情是要上备忘录的,以免再出这种笑话。我记性不好,所有的事都要记那么一记。比如南昌的朋友于前几天忽然寄来了一支很好的毛笔,笔杆居然是翡翠做的,拿在手里便忽然想到清宫里的那间小屋子三希堂,昔年曾在那里看过皇帝用的笔才会有这种笔杆,这不免也是要记一记的,以便后来答谢南昌的朋友。而且最近用来写小字的笔也没有了,还要记好再去买十几支写小字的毛笔。

说到毛笔,凡是中国人,没有不认识毛笔的,但说到使用却未必人人都会去用它。前几年曾向湖州定制了一批毛笔,其中最数笔杆上刻了"生死刚正"四字的笔好,后来你一支我一支地全都给了朋友,这个笔的好处一是笔杆很长,正好站在那里写字而不用哈腰,二是笔锋之长几乎是天下无二,当然是就笔头的零点六毫米而言,而且笔之两头都是用白牛角。这样的好笔,即使不写字的人也会忍不住拿起来在纸上横平竖直一下。鄙人定制的这种笔还有一样好,就是笔杆上"生死刚正"四个字是手刻。时下刻什么都已经用电脑代劳了,笔杆上的字也是同样的待遇。

说到写字的家伙,一定是纸笔墨砚四种,可以说是离开其中的任何一种都写不成,只不过现在的变化是研墨被取消了,写对联什么的有一瓶墨汁就足可以,并不要一个人在那里磨来磨去。但认真作画还是要研墨,早上起来把墨研好,研多少自己知道,最好是到了晚上统统用光。用不完的,如砚里还剩一点点余墨而又不够作一幅画的,便用毛笔在砚里扫几扫,再把笔上的墨在笔洗里涮几涮。这笔洗里的水被主人这么涮来涮去,天长地久地涮下来便会日渐地臭起来,亦可算是宿墨之一种。由毛笔说到买毛笔,其实也没什么好说,不过是去文具店转来转去。我居住的小城里也有许多家卖毛笔的,但笔杆上边的刻字都是电脑所为,这就让人不能喜欢。不久前去北京琉璃厂,转了一家又一家的文具店和笔庄,居然也是没笔可买,而又不能空手回来,便买了一支老大的罗汉竹笔杆的大笔。罗汉竹节短而粗,拿在手里很舒服,笔是一般的笔,好在上边什么也没刻。这支笔现在已经开始用,而真正的想法是等这支笔用坏了,笔杆可以做一个拂尘的柄,一直想做一个很小很小的拂尘,没事拿在手里拂来拂去很好玩,有蚊子赶蚊子,没蚊子赶苍蝇也可以。

不能说现在没有好毛笔,但有一点可以肯定的是现在没有好笔杆,用电脑在上边刻几个字,这笔杆怎么都不能让人说好。

闲章

在过去没有印章的人很少，领工资、到邮局取包裹都离不开印章。我父亲的印章是小犀角章，那时候这种章料不那么稀罕，做犀角杯挖出的料不好再做别的，大多都做了这种小东西，剩下什么都不能做的边角碎料就都进了中药铺。父亲的这枚小章放在一个手工做的小牛皮盒子里，这个盒子可以穿在裤带上，随时随地都带在身上，可见其重要。还有一种印章是做成戒指戴在手上，这样更加安全。这都是名章。闲章就未必人人都有，但书画家是必备，一方不够，两方、三方、五方、六方，齐白石的印章最多，他往往在画上题"三百石印富翁"，此翁的闲章何止三百，但他常用的也就那么几方："寄萍堂""大匠之门""借山馆""以农器谱传子孙"。"以农器谱传子孙"这方章最特殊，让人觉着亲切，觉得他不忘本。

书画家用章，首先考虑的是章与他的书画作品气韵要合。白石老人的章和他的画就十分合，是浑然一体，朱新建的章也如此，他用别人的章还真不行。傅抱石也治印，却不怎么出色，他曾给毛泽东治一印，现在还在南京美术馆里放着，章料的尺寸不能说小，平稳但不精彩。前不久在日照办画展，看老树的章,画上错错落落盖了许多枚,横平竖直的宋体或楷体,居然大好。

我现在所用章,多为渊涛所刻。有一次吃饭,渊涛和我打赌,要喝够一斤高度白酒,要是没喝完,就输与我十枚闲章。不就是酒吗,六十七度又怎么样?我还怕酒吗?是我喝它,它又不能喝我!结果我赢了,但也醉得够呛。那十方章,我拿回来,能派用场都派用场,也热闹。其中有一方是"幽兰我心",却偏要盖在梅花上兰花上菊花上,文不对题,却大好。

民国的哪位画家,记不清了,最是大度有趣。老来盲一目,他给自己刻一闲章,只四字"一目了然"。我喜欢这样的人。再说一句和刻章无关的话,那就是《上海文学》的主编周介人先生,已故去多年。因为脱发,他戴一个发套,那天吃饭,天热,他忽然抬起手来把假发套一摘,往旁边一丢,说:"妈的,太热了。"这真是潇洒可爱。我看画,最怕看到"细雨杏花江南"这样的闲章,看似有意思,其实是没一点点意思,朱新建的闲章"快活林"就很好,人活着,就是为了快活。

墨猴

昔时喜欢画猴,曾画了许多,都放在一个小竹箱子里。小竹箱子分两层,打开盖子是一层,把里边同样是竹编的屉子拿开来又是一层,上边这一层放纸,下边那一层放笔墨砚台,感觉这便像是古时考生们挎着去赶考的考篮,实际上它早先是放点心的。前几天曾看到过荆歌的一个老竹箱,便忽然想起家里的这件旧物,现在早已不知去了哪里。竹箱和藤箱在南方多是生活用品,现在用的人已经不多,去年曾在潘家园买到过两只藤编的桶状藤盒,据说是越南那边进来的,盖子可以打开,是用编的铰链把盖子与藤盒相连着,上边还有扣绊,编得甚是精巧好看,我现在只拿它来放各种杂物。昨晚因为饮酒,从外边回来就睡,一觉醒来,外面还黑着,摸索着喝过茶,看看表才凌晨四点,但再也睡不着。昨天是立春日,一旦立过春,真正是又一年了。因为是猴年,前两日便画了两只小猴,所以大清早就想到猴是很自然的事。国人对猴有一种别样的喜欢,其实是与传统书画分不开,比如一幅画既画了鹰又画了熊,那不用说,就是暗指了英雄,而猴与"王侯"的"侯"分不开。唐宋年间的玉雕,有一只猴子伏在一头大象的身上,这是"封侯拜相"的意思。到了明清,多见的是一只猴子骑在一匹马的身上,这也不难理解,是"马上封侯"。年前诗人雁阵曾送我一件宋元时期的小挂件,便是"马上封侯",亮晶晶的。曾想过把它挂在身上的什么地方,但它现在一直在书架上待着。每次看它,便觉喜气,虽然自己并没有做官的想法。

鄙人小时候最喜欢的动物便是猴,当年兴冲冲地去动物园,口袋里总是放些可以吃的东西,自己不舍得吃,就是想去喂给猴子。因为从小喜欢猴子,画起来就很顺手,它怎么蹲,怎么坐,怎么抓耳搔腮,根本就不用怎么想,就可以画得出来。说到猴,很难不让人想到猿。猿的双臂像是要比猴子的长许多,和猴子的区别是,猿总是喜欢用长长的手臂把自己吊在树上荡来荡去。宋人就这么画猿,而且多是白脸儿黑猿,及至后来,画家们画猿也都是让它们吊起来。而画猴却是另一路,画猴可以让它们蹲着,坐着,可以让它们抓耳朵,可以让它们探头探脑。白石老人曾画一猴,是白猴。虽是白猴,但手脚却是黑的,举着一只很大的桃子,这幅画应该是"白猿献寿"的意思。其实画起猴和猿来,是很难画一只全白的出来。

鲁迅先生,现在不少人都叫他大先生,这个叫法,就像是和他很亲。鲁迅先生写过那么多的文章,但我总记着的却是他不知哪篇文字里写到过的一只墨猴。很小的猴,小到它平时就住在主人书案上的笔筒里,你想想它应该有多么小,你在那里写字或者是作画,写到或画到最后,倘若砚台里还有一点点残墨，它就会从笔筒里跳出来把那残墨一点一点舔着吃了——它的食物居然是墨。然后，它又一跃，又跳进笔筒里去。直到现在，我都想有这么一只墨猴。

原想把鲁迅先生的这篇文章找到，把写墨猴的那一段抄下来录诸卷末，翻了翻鲁迅全集，一时竟不知从何处找起。

说鼠

　　国人对物品的称呼往往会把它的出产地同时标出，如"胡芹""胡瓜""胡麻"，乃至《金瓶梅》一书中"胡僧"，都专指从西域而来的人与物，再如"川黄连""淮山药"还有"党参"等等，都是地域性的专指。再比如动物中的"社狐"，是指生活在土地庙里的狐狸，再如"仓鼠"，是专指生活在仓库里的老鼠。现在在城里已经很少能够见到狐狸的踪影。据说有人在故宫看到过拖着大尾巴漫步的狐狸。那一定就是社狐了，它住在什么地方？这很不好说，偌大一处旧宫苑，想必有它的藏身之处。过去的老城墙老祠堂里是既有蝙蝠又有猫头鹰，还有蛇，还有被民间人士称作"五爷"的黄鼠狼，我的故乡向来是把黄鼠狼叫作"黄皮子"。这些动物生活在老城墙老房子里本不足为奇，还有别的什么，很难让人一一列举，而老鼠的广泛存在却是事实。

　　说到老鼠，不管人类喜欢它不喜欢它，它肯定是与人类关系最密切的。有人的地方就会有它的存在，哪怕是船上或是在天上飞来飞去的飞机之上，但它们是不是能够叫"船鼠"或"飞机鼠"？如果有人非要这么叫，大致也不能说离谱。而田鼠却实实在在是生活在田地里的。当代画家里,喜欢画老鼠的是老饕陈绶祥先生,我对他说"饕餮"二字分开讲,饕是贪财,餮是贪吃。《左传·文公十八年》:"天下之民以比三凶,谓之饕餮。"杜预注:"贪财为饕,贪食为餮。"而陈先生现在还在叫老饕。老饕绶祥喜欢画鼠,曾画有一图,老鼠与电脑的鼠标同在一个画面,画之好赖且不说,有时代气息。我去海南,没事去转菜市场,看到一片一片暗红的腊鼠肉小号风筝一样挂在那里,当下便想,鼠肉其实要比猪肉和狗肉干净,老鼠起码不吃大便。但要请我吃老鼠腊肉,我还得要拿拿主意。有一阵子,我喜欢画那种毛茸茸的小老鼠,用细笔把毛一点一点拉出丝,茸茸的,曾画一幅《樱桃小鼠图》,用姜思序的老胭脂圈樱桃,小鼠画出后用淡赭罩一下再用油烟焦墨细细拉一遍毛,真是很好看,从外边回来的一位朋友十分喜欢,硬是要去挂在他澳大利亚的家里以慰乡愁。

古人书写用鼠须笔,大多为小笔头,看新疆出土的毛笔,想必所用是家鼠的须毛。狼毫笔自然是用黄鼠狼尾巴上的毛,最长六厘米的狼毫笔非我辈能用得起,时下笔庄的笔,真正的狼毫几乎不见,自然界的黄鼠狼当然还有,乡老相传,黄鼠狼要是活过一百岁,玉皇大帝都得叫它舅舅,这辈分儿怎么排?恐怕无人知道。民间还多有关于黄鼠狼成精的故事,不少人家还专供黄大仙,所供也只一碗清水而已,如果黄大仙突然降临,也只好不停地喝那碗清水。

枯山水的波纹

我父亲只活到四十九周岁,生前有许多的朋友,为人爽利而且喝得好酒。他的四件套——望远镜、双筒猎枪,还有一件棕色的皮夹克和一双棕色的"太阳牌"花样冰鞋,这四件东西在现在看来并没有什么问题,但在二十世纪的五六十年代则是十分的扎眼,十分的不合时宜。父亲那时候热衷于打猎,记得有一次他一连出去几天,一天晚上带着浑身凛冽的霜雪之气从外边回来,把肩上的什么东西"咚"地一下子扔到地上,是一只很大的黄羊。父亲之更不合时宜处是他在我小的时候就一次次对我说:"不要当官,要靠本事吃饭。"他住院昏迷,临去世之前却忽然开口讲日语,是满口的日语,这真是让人愕然,让人防不住,让人多少有些害怕,谁也想不到他会这样,也没人知道他在说什么,更没人知道他在昏迷之际想到了什么,当然也没人和他交谈。六月的阳光从窗外照到病室里来,一切都那么白惨惨的,他躺在那里,我们紧紧围着他,听他迷迷糊糊地讲着日语,直到现在,都没人知道他在日本长到十八岁,都有些什么故事发生。我看到过他的一张照片,那么年轻,那么纤瘦漂亮,大眼睛高鼻梁,烫着发,还别着一个很短的发卡子。

发卡子是由一连串的英文字母组成,这简直是更让人愕然,照片上漂亮的年轻人居然是我的父亲,这样的装扮,啊,怎么会是这样?烫发、发卡,眼睛是那么亮,男人是可以戴发卡的吗?

父亲喜欢花草,喜欢养鱼,喜欢找来几块"上水石"做盆景。那时候,家里总是有一大堆的上水石,父亲总是在那里敲敲打打,把一块又一块的上水石这么看看,那么看看,这么摆摆,再那么摆摆。上水石可以把盘子里的水吸到石头上边来,所以在石头上撒上草籽,没几天那草籽就会发芽生长。父亲不知从什么地方又找来许多白色的石子,现在想想,这种白色的石子当时并不难找,工人们做水磨石地面都离不开这种小石子。父亲先把这种大小均匀的小白石子铺在长方形鱼缸的底部,再把水注进去,然后用一个很小的耙子把鱼缸里的石子耙耙平。鱼缸底部的石子被耙平后,父亲再在石子上的平面上用小耙子耙出波浪纹的图案。当时不觉得什么,也不觉得有什么好玩儿,现在想想,这就是日本的枯山水,当我站在日本龙安寺著名的枯山水前面时,我忽然明白了父亲当年在鱼缸里弄的白石子图案是怎么回事。父亲有一个盘,长方形的紫砂盘,他把一块上水石放进去,然后再在盘底铺上那种颗粒均匀的白石子,他把白石子铺平后再在上边用小阔齿耙慢慢慢慢耙出波纹来。这就是枯山水。

父亲离开我已经四十多年,他年轻时候的一切我们都不清楚,但他的一举一动又都好像还在眼前,他俯身在那里,用那个小耙子,在白色的石子上耙波纹状的图案,一次不行,再来一次,或者,再来一次……父亲做这种事情的时候很有耐心,而唯有这一点我不像他,我不喜欢养鱼,也不喜欢他喜欢的那种上水石,也不会把小颗粒的白石子弄弄平再耙出些水纹来。

四十多年的时光不能算短,但又好像是就在昨天,一如那凝然不动的枯山水波纹。

上元

昔年去太原,行至离柳巷很近的老鼠巷,便忍不住要踅进店去买碗元宵吃。平底大黑碗,十多个爽白的小元宵,也没什么好滋味,只是一味的甜。但若在家里,要吃元宵非得等到元宵节这一天,而老鼠巷的元宵却是一年四季都有。再就是去成都吃赖汤圆,个头比北边的元宵大出许多,真是肥软可口,元宵可以说肥软吗?你用筷子搛一个软软糯糯的赖汤圆来看看,那感觉,岂不是肥软?说到元宵节,其实亦没什么好说,一是吃元宵,二是看花灯。小时候我最喜欢的灯是走马灯,喜欢它会不停地旋转,及至家大人亲手给我做一个,又手把手教我做,竹篾红纸,麻纸麻绳,慢慢糊起,直做得桌上到处都是糨糊和红颜色,家大人亦不会说什么。但自己做的灯自己也不会特别去珍惜,做过玩过,便觉无趣了。再就是用一片硬纸壳,上边用小刀刻出飞鸟来,然后用这纸壳做灯罩,跳跃着的蜡烛被点着后,光线把灯罩上的飞鸟映在墙上,因为光的跳跃,纸上刻的小鸟便有飞动的感觉。而这也只是玩几次,久玩亦无趣。前不久看日本电影《利休》,忽然看到了电影里的利休也做了这样一个灯罩,用灯光让鸟在墙上飞动,便觉得这部电影讲的故事都只在身边。

古时的元宵节看灯并不说"看",而是要说"闹",闹花灯。其实也只是要人看人,月下灯下,美人自美,不美的人也像是美了几分。灯光是朦胧的,而心情也会跟着朦胧几分,只这"朦胧"二字,便让一世界的风物光影都像是比平时亮丽了许多。这就是元宵节。今时的看灯,其实也只是你看我我看你,心和眼并不在灯上,并不像民间小戏《闹元宵》那样,一对青年男女只在那里说灯,这个灯那个灯从头说到尾,几近疯话。我总以为在这样的晚上,有情人两两相会,是应该你看我我看你才对,是往灯光稀疏处走才是,哪个真心要看灯!

古时的元宵节有官府的灯官儿出现,查遍诸书,都不知道这灯官是不是临时性的职务,年年只要他在元宵节时出来风光一番,更不知道他是几品,他的官务是什么。他是监督做灯,或者还负责分发灯油?总之戏台上的那个灯官儿只是穿了红袍,黑帽黑靴地上来跳一气然后下去而已。

说到上元节,实在是没什么好说,人的喜欢有时候是说不清道不明,而唯有说不清道不明的喜欢才是真正的喜欢。月上柳梢头,人约黄昏后,只觉一世界都是喜滋滋。岁月流光,月上中天,是月光亦有新意。

中秋帖

秋天原是极为复杂的季节,在我们那个小城,秋天的到来好像是以中秋节为标志,之前,虽已立秋,虽已是秋风瑟瑟,但人们对秋天的概念还不是那么清楚,人们尚在浑浑噩噩之中。季节并不像工厂里工人们的交接班,是"踢踢踏踏"你来我走,季节的变换,不可能是今天一立秋,明天马上就"塞下秋来风景异",夏天和秋天常常是混合在一起,人们也是单衣夹衣一起乱穿,那各种的水果也才登场。但一到八月中秋,情况就大不同了,人们都会感觉到真正的秋天来了,感觉到那种天地之间的肃杀之气由夜间渐渐升起。

中秋节之前,最忙的应该要数月饼师傅,一年一次,他们出现了,往往是一个徒弟一个师傅,或者是一个师傅带着两个徒弟。他们给人的印象,怎么说呢,好像他们根本就不是点心师傅,而是在做泥瓦活计。他们把砖和那种很细的黄土弄来,要砌一个烘烤月饼的炉。砌这种炉好像是只能用新砖和黄土,新砖没有旧砖那种不好闻的气味。这种烤炉是不用打地基的,只在平地上铲出个长方形的浅坑,然后把砖一层层地码起来,码两三层砖,便要砌灶坑,再上,就是"烤箱",烤箱就像是一张大嘴,终日张着,可以让师傅把烤月饼的铁盘一次次地塞进去再拉出来,塞进去再拉出来,那时候,家家户户过中秋要吃到嘴的月饼都是这样烤出来的。晋北特有的那种既没有馅子又没有别的什么花哨点缀的饼子,吃起来像是有那么一点点泥土的气息,甚至有新砖的气息。在山西的北部,秋天能吃到嘴的最好的月饼不是五仁月饼或什锦月饼,而是用胡麻油和红糖和面烤出来的混糖月饼,这种月饼的独特香气实际上是胡麻的香气。高寒地带的胡麻,可以长到齐人腰高,开花乃是一派幽蓝,那种蓝是男人气的,冷冷的感觉,所以更加动人。胡麻结籽有点像芝麻,但要比芝麻粒大而且亮,你抓一把芝麻放手里和抓一把胡麻放手里的感觉绝不会一样。胡麻籽放在手里感觉会流动,很难握得住,那么光亮,那么滑动,你把手指放一道缝出来,很快,它们就流走了,这就是胡麻。我不种地,分不出什么是胡麻什么是亚麻。人们都说胡麻和亚麻是一种东西,但我总觉得亚麻籽和胡麻籽不是一回事,两种籽实榨出来的油味道好像也不一样,超市买回来的亚麻籽油怎么能比得上去乡村油坊买来的胡麻籽油香!胡麻籽油的香气很独特,但你要让我说它独特在什么地方,我肯定是说不上来,用它和面烤制月饼,那个香很迷人,是朴素大方而沉着。离开晋北和内蒙古靠近山西这一带,就再也吃不上这种以胡麻籽油烤制的月饼。一年四季,以烤制某种食物而"兴师动众"的事在晋北一年也许只有这么一次,也只能是在秋天。一家人,把面、油、糖都一一准备好了,还要有人去到那里排队等候,要眼看着打饼的师傅把自家的面和油还有红糖放在一个很大的盆子里慢慢和起。面被从袋子里倾倒在盆子里,然后是红糖水,慢慢慢慢倒进去,像是在进行某种仪式。然后才是汪汪亮着的油,白色的面此刻变成了棕色。面在师傅的手里慢慢变作一个大团,然后再被分作几小团,然后再把一团一团的面团揪成一小块一小块的剂子。这剂子被放在案上擀做成饼,阔气一点的人家会在饼上再撒些芝麻,然后把饼一排排放在铁制的盘子里,这样就可以放在炉里烤制了。这样一年一度的烘烤月饼,因为那香气,因为那排队的人,因为那饼炉之火的日夜不熄从而变得像是一桩近乎事件的大事。每年快到中秋节的时候,那打饼的师傅就出现了,他们把炉子盘起来,然后就几乎是几天几夜的不眠,炉不熄,香气绵绵不绝,而那香气也绝非秋天的果香可比,是浓厚的,几乎是化不开的浓稠。等到它渐次散开消失的时候秋天几乎就要过去了,打饼师傅会把经他们的手垒起来的饼炉慢慢拆掉,秋天也就过去了。

说到秋天,好像总是与吃分不开,但秋天并不是一个只让人想到吃的季节。秋天一来,炎夏那浑浑噩噩的热就结束了,各种的花虽渐次凋零,而秋叶却又红红紫紫斑斓好看起来。一到秋天,即使是月光和露水也都和其他季节不一样,也会变得格外清冽。古人喜欢以"清"字说秋——"清秋",只这一"清"字,是既让人喜欢又让人从心底起一番惆怅,起一番淡淡的伤感。一年四季,冬去春来,夏去秋来,其实人们最难买到的是一种心情,一种情绪,一种味道,一种气韵,这原是不好说也说不明白的,美好的东西向来如此。

中秋马上又要到了,真希望再能看到烤饼师傅的身影,虽然那画面、那味道、那情景已渐成回忆,但这对过去的回忆,从某种意义上讲已经变成了对以往生活的审美,而不仅仅是追忆。

案上的猫

不知是谁说过这样的一句话,世界上最难听的声音不外三种,鬼哭狼嚎再加上猫嚎春,鬼怎么哭是没人能够听到的,狼嚎是让人心里害怕,而猫的叫春是让人彻夜难眠。

看老照片,丰子恺是喜欢猫的,他在那里作画,一只小猫便端然卧在他的肩上。冰心女士也喜欢猫,她坐在那里,很肥的一只大猫在她的桌子上,她侧视着那只猫,是满眼深情。黑塞也喜欢猫,养了几只,他的一张与猫的合影很好看,他趴在地上看定了他的猫,那只著名的公猫不知从什么地方走出来,对黑塞不理不睬。我住在花园街的时候,猫是养了一只又一只。一只是名叫"国画"的,是乃谦家的猫下了几只小猫,我只喜欢其中颜色红红黄黄黑黑灰灰的那只,因为它的颜色出奇,我便抱回来,并取名为"国画",那时候我和乃谦住在一起,两家只一墙之隔,到了春天,两人会跳到南边共用的小院把里边的枯枝败叶收拾一下,然后种花种草。这只名叫"国画"的猫后来的失踪是因发了情,它彻夜穿墙过院呼号着寻找它的爱情,然后不知所终。其后再养,便是一只波斯猫,用《金瓶梅》里的话说,其毛之长可以在里边藏一颗鸡蛋。这只猫的怪癖在于它没事便要找葱来吃,干葱的叶子或根须,然后过来,挨近,嗅你,你便会闻到它嘴里的大葱的味道。这只猫的好看,在于它的眼是金银眼,一只金黄,一只碧蓝。它之贪吃,让人不可想象,直至把自己吃到像一只小狗。但这只猫没有金宇澄家的那只猫肥硕,金宇澄领我到他卧室里去看那只猫,那猫不动,端卧在那里,只是一味傲然。这是只长毛猫,灰蓝色,被阉割后便没有脾气,一味肥硕下去。后来看他的《繁花》想看到有关猫的描写,但没有。画家杨春华是养猫大师,她在那里作画,猫在旁边看,我去她家,那只现在已经作古的老黄猫,视察般地踱过来,蹲下,看我,然后慢慢转身,已经踱开。杨春华给我画十一只猫,八尺纸对开,只只生动要从纸上跳下来。再就是她在我家,她挥笔作画,画一张我家的四喜,黑之上用一点点金,真是好看。我家现在三只猫:一只四喜,祖籍泰国,是暹罗猫,巧克力色;再一只名叫"虎妞"美国虎斑猫,做过绝育手术便一味地圆胖,每从楼梯上下来,"嗵"的一声,如有重物坠下,令人心惊;再一只,全黑,两眼金黄,恍若幽灵。

今天早起忽然想起猫并写这篇小文,是因为一起来便画扇子,那只黑猫只一跳,便把墨缸碰翻洒在扇面上。我家现在的三只猫,只喜欢睡卧在画案上,三只猫是各有占据,四喜是卧在当中,虎妞是与它并排,黑猫是要蹲在那一摞书上,便成格局。各种的动物里边,猫是享乐主义者,吃饱便睡,且有鼾声,我母亲说,那是它们在念经。

下午若有时间,想找出夏目漱石的《我是猫》一读。

以字下酒

我与启功先生不太熟,见过几次面,都是在会上,说过几句话也都是在会上。我常用的一支笔,是莱州羊毫,很好使,上边刻着"启老教正",因为好使我就一直用一直用,到快用败的时候才忽然觉得宝贵,便不再用。这笔是启老送冯其庸先生,冯先生再转送我的。此笔想必是笔庄给启先生定做的,也许是几十支,或几百支,但上千支就不大可能。

那次开会,不少人都来了,忽然有人告诉我那个小个儿老太太是王海容,我看了一眼,又看一眼,再看,怎么看也觉得和当年纪录片里的那个王海容对不上。也就是这个时候启功老先生进来了,走得很慢,有拐杖,却不拄,在胳膊上挂着。启先生那天是西服加领带,他一出现,感觉周围忽然一亮。

启先生的长相是女相,像老太太,下嘴唇朝前兜着那么一点,用我母亲的话是"兜齿儿"。那天的会是说《红楼梦》的事。《红楼梦》其实已经给说滥了,但再滥也不妨再说。启先生就坐在我对面,他在场,是一定要说话的。启先生是谦虚,一再算是捧场,捧冯先生的场,他谦虚地说自己不懂《红楼梦》,又说自己其实也没好好儿读过几回。这就是自谦。不说学术上的事,说到当下的红学研究虽有所指涉,但亦是和和气气。轮到别人发言,启先生是认真听,虽认真却无奈耳朵有些背,所以时时会把一只手放在耳朵边使劲儿听,更多的时候是抬起两只手来,时时准备着对方发言完毕鼓掌,有几次,记不起发言者是谁了,发言稍作停顿,启先生便鼓起掌来,鼓两下,发现不对,便马上停下,周围已是一片的笑声。发言的也莞尔一笑,当然是再继续说他的,又停顿了一下,启先生就又鼓起掌来,人们就又笑,因为人家还没说完。这真是个可爱的老头儿。别人笑,他也跟上笑,看看左边再看看右边,笑,对旁边的人说:"耳朵,不行了。"说完又笑。这一次,发言的那位总算是结束了,启先生便又鼓起掌来,笑。

我个人是不大喜欢启先生的字,在北师大学生食堂吃饭,却是为了看启先生的字。那时候我经常住兰蕙公寓,而吃饭却非要步行去实验食堂,酒是北京二锅头,有烈性,早买好的,提着。进了食堂就专门找可以看到启先生字的座儿,找好座,坐下,点一个烧二冬,再点一个苦瓜瓤肉,再来一碗米饭,如有朋友就再加一个火爆腰花或熘肝尖,一边吃一边看墙上启先生的字,是以启先生的字下酒。当时的实验食堂里挂着好几幅启先生的字,都是竖条六尺对开,都装在框子里,框子上加了锁,死死锁定在墙上。我对朋友开玩笑说:"你就不会去配把钥匙?"朋友说:"好家伙,启老的字一幅还不换辆小汽车!"但后来再去,启先生的字不见了,再往后,我也不再去吃烧二冬和苦瓜瓤肉了,我又热衷于打车去华威北路吃陕西的浆水面,那边离潘家园近,一碗浆水面加一个夹肉馍。如碰上堵车,打出租车的钱是饭钱的十倍还多。

吃白饭

吃白饭讲的是什么？像是一下子说不清，但其实也好说清，就是吃没有菜的饭，是光有饭没有菜。《金瓶梅》把下饭的菜叫"嘎饭"，这本是山东地面的方言，别处不见，山西没这种说法。有人说《金瓶梅》的作者就是山西山阴县的王阁老，可他出生之地的山西山阴县也没有这样的话，可见《金瓶梅》跟他无关。说到白饭，一般人家再穷吃饭时也会有一两个菜，白菜煮土豆也算是菜，再好一点可以有豆腐或粉条。北方人以前很少吃到大米，这样的土豆白菜再加上窝窝头或馒头就算是一顿饭。没菜只吃饭的情况一般不会出现，即使是小时候早上拿一个馒头吃，也会夹一根腌菜，或者是一个窝头，窝头照例是要有一个洞，在那个洞里抹一点酱进去还颇不难吃。一般来说，人们不会只吃白饭，但白饭有时候其实是很好吃的。比如山东的大馒头，刚刚蒸出来，你拿一个出来趁热吃，是十分的好吃，再比如北方的黍米糕，刚刚蒸出来，什么也不就就那么白吃，也十分的好吃，满嘴都是粮食的味道。新米刚刚蒸出来，你什么也不用就，就那么白吃，也真是香，没有任何别的味道影响它那独有的粮食的味道。真正会吃饭的人，不会要那么多菜,吃一次饭来十多道菜,到后来你什么感觉都不会有。菜要少一点,味道才会突出。我爱吃的一种白饭是烤糕,黍米糕,也就是用黄米面做的糕。这种北方的食物热着吃很软,一旦放凉了就很硬,像块石头,如果是一大块,拿起来打人,如果正好是打在那人头上,被打的人一下子会晕厥过去也说不定。把这样的放凉了的糕切片放在火上烤,俟两面都烤得焦黄焦黄,里面却又是极软了,这样烤出来的糕什么菜也不要就,就那么白吃,味道很好。还有人爱吃以山药淀粉做的那种粉条,粉条下锅煮好,捞出来就那么白吃,亦有特殊风味,据说比东北的猪肉炖粉条差不到哪里去。吾友绍武喜欢吃白面条,一碗白水煮面条,什么也不加,他端起来就是一碗,其滋味也只有他自己知道,但我想一定是有好的滋味在里边。我想应该是什么也不加,粮食的味道便都在嘴里了。一如我十分爱喝面汤,把豆面条煮了,我却一根面条都不要,偏爱喝那豆面汤,是十分的好喝。粮食的白吃,是真正能品出粮食的本味。但一顿饭下来,你总是要吃菜的,我以为,菜一定不要多,一碗饭,两三个菜足矣。更有甚者,只煮一盘饺子,再加二两酒,其实这才真是会吃饭的人。饺子是中国人最好的食物,是既有主食亦有菜,再加上二两酒,是什么都有了,有时候简单其实是最不简单的。一盘饺子二两酒,什么味道都跑不了,都在嘴里,比一下子吃十多道菜要好得多,饺子的好酒水的好,都在里边,而且能让人记住。

吃白饭和白吃饭不一样,吃白饭是不就菜,白吃饭是不花钱。我最近奉行的是不白吃饭主义,你的饭我不白吃,我的饭也不白给你吃。但喝茶和抽烟却不在此例,而我也只是喝茶而不抽烟,但最近抽过两支烟,是因为画家吕三不远千里地来了,他要我抽,我便抽起来。因为一个人喜欢另一个人,那个人要你做什么你一般是肯做的,这也只是特例。

葫芦事

我对酒的态度是能不喝就不喝,也就是说我并不喜欢酒,见了酒并不那么欢天喜地,而现在直至发展到视酒如仇。话虽这样说,一旦朋友从远道而来了,我便又会欢天喜地跟着喝,而且直到喝得大醉而不是微醺。我像是向来不会微醺,喝酒极快,有时候就在酒桌上,大家还没有离席,我已经结束,也并不是像有些人那样瘫在酒桌上,而是坐在那里就睡过去,一觉醒来已在家中,再也想不起昨天喝酒的事,比如和谁喝酒或怎样回的家。虽然我不喜欢喝酒,但朋友们还是要不停地送酒过来,或者是送一些酒器,比如公道杯或者自鸣杯。所谓自鸣,也就是在酒倒出来的时候像是有人在那里吹口哨,唯这个杯后来送了一个外国朋友,给他带来莫大的喜悦。去年过年时又有朋友拿一个葫芦来,不算大的那么一个葫芦,也就是林冲看守草料场时用的那种,但要小得多。朋友说这是放酒的,说别看它是普通的葫芦,它里边有"文章",并把里边的"文章"说给我听,也不是什么了不得的事,只不过是在葫芦的里边用一种漆吊了里子,这么一来,即使是酒在里边放很长时间也不会渗透到外边来。即使是这样的葫芦,我也并不那么喜欢,到后来也送了另一个朋友。这就要说到葫芦。我家里现在有两个葫芦，红润好看，是母亲大人用手摩挲出来的。是先用一块玻璃碎片把葫芦外面的那层皮刮掉然后才开始日复一日地摩挲，直至它一天比一天红润。葫芦在民间的意思是"福禄"，是发音相近使然。小时候玩过一块玉，后来亦是送了朋友，就是一个童子背了一个有蔓的葫芦，这块玉佩就叫作"万代福禄"，我把这块玉佩送给一个朋友，还把意思同时也说给他听，但不知这个"万代福禄"的玉佩现在还在不在，如果在，换一辆一般的小车想必足可以。

今年春天快要到来的时候，我曾向持志斋主讨要了几枚丝瓜种子，就种在我的北边露台上，现在已经十分蓬勃。以嫩丝瓜炒鸡蛋是一道很好的菜，宜下白米饭。丝瓜做汤味道十分清鲜，也是宜下白米饭。丝瓜开两种花，一种是结瓜的，另一种似乎是开来只让人看。一个花柄子上有五六个花苞，一朵接着一朵开，早晨起来，往那边一望，真是明黄好看。但明年想好了是要种两棵葫芦的，也好足不出户便可以坐在那里写生，虽然经常把葫芦画来画去，虽然还有白石老人的稿本在那里，但还是写生出来的东西有真意。这又要说到白石老人，白石老人的旧照片结集出版后，其中有一张拄杖站立的，真是让人看了心生喜欢，老人站在那里，不但拄着杖，衣襟上还挂着一枚葫芦，这张照片真是很好看，白石老人是越到老年越好看，他年轻时的相貌倒是平平。只看这张照片，在心里揣摩老人衣襟上的葫芦是玉的还是别的什么材料所制。到后来又看到白石老人的另一张大照片才知道那只是普通的葫芦，不大，一二寸，上边还有一小截蔓，只一小截。看了这张照片，便在心里想不如让自己快快老去，也好能让自己拄杖戴小葫芦。再后来看到画家吴悦石也戴着一个葫芦，当然亦是在中式的衣襟之上，便就更加地喜欢起葫芦来。

前不久在北京，去了一趟十里河的花鸟市场，但买过两只蝈蝈便忘了葫芦的事，可见我还没有老到可以在衣襟上挂葫芦的年龄。但到了来年，说什么也要在露台上种几棵葫芦，希望它能结一个恰好的，一二寸的即可。只是不知道持志斋主那里有没有葫芦的种子。

午时记

午睡前照例要找一本书随便翻翻,顺手便拿到了一本讲琥珀的小册子,没有多少图片,文字也浅显。说到琥珀,我父亲年轻时喜欢用琥珀雕刻各种小动物。那是近半个世纪前的事情,现在的抚顺是既没有多少煤可挖,也没有多少琥珀可以拿出来示人。而我喜欢琥珀倒不是因为我是抚顺元龙山的人,缘由说来可笑,我从小吃那种鱼肝油丸,一粒一粒黄且透明而又颇不难看。对于琥珀,我独喜那种原始的,里边多多少少要有裂纹,术语叫作"苍蝇翅"的便是。前不久,我把一大块经常放在手里的琥珀不小心一下子摔作两半,一时怅惘了许久。忽然觉得那摔作两半的琥珀用来做章料正好,这便想起"植蒲仙馆"的主人谁堂来,谁堂不独篆刻精彩,菖蒲也养得极好。说到菖蒲,起码在北方是十分难养。文人的案头照例是应该有些绿意才好,陈从周先生主张可以种一种的"书带草",听名字就好,但只宜养在园林的阶前砌下,案头养一盆太显蓬勃。那种叫文竹的草,日本人喜欢,川端康成的一张老照片就显示他养了一小盆在书案上。远远看去确有几分云烟的意思,但一旦长起来其势却一发不可收拾,可以发展成藤蔓植物一样在屋里到处攀爬。唯有金钱菖蒲和虎须菖蒲顶顶合适养在案头,你想让它长到大如车轮,几乎没有可能,它似乎永远只那碧绿的一窝。南国的画家陈彦舟养的菖蒲却分明太高大,放在茶桌边,猛看像是种了水稻在那里,却也与那茶案相当。坐在其侧喝茶,让人起"蒹葭苍苍,白露为霜,所谓伊人,在水一方"之思,是另一番意境。

读书人的书案,我以为一是要有一点绿意来养眼,二是还要有一块小小的供石。我以为这供石以灵璧为好,黑而亮或不黑而亮都好。我的嗜好是见了灵璧石就要买它一买,陆陆续续买了几十枚,而入眼养心的却仅仅几枚。其中一枚小且玲珑,恰像一炷香点燃后袅袅而起的那股烟,便名之为"一炷烟"。本可以取雅一点的名字如"轻云起"或"或如烟",但我宁可要它有踏实的品性。还有一品山子,猛看一如宋人玩过的那个大名鼎鼎的研山,我的这个山子上居然也有两个小小的天池,储水在里边可经旬不涸。我们这地方把天池叫作"那",原是极为古老的一种叫法,比如宁武山上的天池,当地人便叫它"那",而我给我这上边有两个小小天池的供石取名却叫了"十二郎",因为高高低低一共是十二峰。这名字让人觉得它与我的关系是石兄石弟,而且有古意。我总觉得古意要比今意好一些。因为这十二郎的山子,我便给谁堂去信要了菖蒲,谁堂让人用竹筒寄来,打开来不免让人惊喜,邮路迢迢,居然还是一窝的绿。谁堂养的菖蒲在国内是出了名的,榍其馆曰"植仙蒲馆",他的各种养盆里,最好的是那方古砖琢成的盆。若有人问,喜欢菖蒲与供石,其趣味在哪里,这不太好解答,就像你问热爱法国红酒的朋友红酒的趣味在哪里,相信他一定答不好。

六月是插荷花的时候,街市上没有荷花卖,却有莲蓬,而一律又被掐掉了那长长的梗子,无法做瓶插。太嫩的莲蓬其实也没有什么吃头,一剥一股水。今年我有个计划,就是要去谁堂那里看看他的菖蒲,再读读他的印谱。印谱原是读的吗?以我的经验是大有读头。若读得进去,小说又算什么?

行酒令

写下这个题目,便想起家父喝酒的事。东北人喝酒向来是比较爽利,而记忆中的事是家父整日在那里喝酒,这是一件让人讨厌的事。我至今喜喝烧酒恐怕是和家父分不开。家父向来是家里做菜也要用烧酒。葱爆羊肉这道菜,必得用烧酒烹它一烹,烧酒烹下去,火"轰"地起来,这个菜才好吃,用料酒则没那个味道,北方的老黄酒更不行,太甜。真正的喝酒,大鱼大肉的上来倒不为好酒者所喜,盐煮花生米或是简单的一盘猪头肉即可,但一定不能急匆匆赶路一样你追我赶地喝,一边慢慢喝酒一边说话,一粒花生米要分两次吃,这是真正的喝酒把式所为。现在想想,很羡慕他们。

家父喝酒,向来不行酒令,只记得有一次家父和他的朋友说起喝酒划拳的事,念了一次"螃蟹一呀,爪八个呀,两头尖尖这么大的个儿呀",这个令的有趣之处是在于如果一路念下去会像学算术一样不停地加来加去:"螃蟹俩呀,爪十六呀,两头尖尖,这么大的个儿呀。""螃蟹三呀,爪廿四呀……"如此一路加下去也挺有意思。家父不爱斗酒,喝到兴头只把那本母亲叫作"酒鬼书"的书取过来翻,随便翻,翻到某一页,该谁喝谁就喝,也大有意思。比如有一页是画了一个古时的小脚女人一左一右挑了两大桶水在那里蹙眉踱步,而在这幅画的旁边便写有"翻到此页者左右宾客各饮一大杯",或者是画面上画了两个人正在交头接耳,旁边便写有"席上交头接耳者饮"这样的话。父亲很喜欢这本软软的线装书,一本书,酒友们轮着翻,一圈下来谁都不少喝。有一次,父亲找它不见,问母亲,母亲说大概在镜子后边。父亲抬手去镜子后边只一摸便找到了它。这本书后来归了我,再后来一个朋友看着好玩,拿走和他的朋友们去"左右各一杯"或"交头接耳者饮"去了。

喝酒多年,知道划拳行酒令的事,也知道划拳的规矩。比如划拳的时候你就不能伸出一支食指对人,更不能伸出一支中指给人看,出一支手指的时候小拇指最好也收起来。我酒量虽好,但一向不擅大呼小叫,所以至今还划不来拳。酒令却记下了几个,补记于下,其一是:"一挂马车二马马拉,车上坐了姊妹俩,大的叫金花,二的叫银花,赶车的就叫二疙瘩,嘚驾,二疙瘩,嘚驾,二疙瘩。"其二是:"一根扁担软溜溜,我挑上黄米下苏州,苏州爱我的好黄米呀,我爱苏州的大闺女,俩好呀,大闺女,三星照呀,大闺女。"其三有大不雅处,却不啻一首绝好的民间叙事诗,记如下:"赶车倌儿,笑嘻嘻,拿着鞭杆儿捅屁股,马惊了,车翻了,车倌儿的玩意压弯了。"这一酒令虽俚俗不堪,却十分上口,而且在中间很巧地转了一个韵,亦可为初学写诗者做范本也。

胭脂考

少时读《匈奴民歌》,及至读到"失我胭脂山,令我妇女无颜色"这一首,便令人做无尽想象,只想这山上到处是胭脂。及至后来才知道胭脂只是一种草的提取物,再后来查诸书,知道匈奴民歌里所说的胭脂山上产一种花草,名字叫"红蓝草",能做染料。《五代诗话·稗史汇编》上所记如下:"北方有焉支山,上多红蓝草,北人取其花朵染绯,取其英鲜者胭脂。"这里有一个问题,好像是这种草整株的取来都能用,花朵可做绯色染料,而叶子倒用来做胭脂?古代的美人或不怎么美的妇女日常生活像是都离不开胭脂,鄙人家中曾藏有两个唐代的小胭脂银盒,一个镏金的,有墨水瓶盖大小,上边自然是花草飞鸟,一个纯银的菱形盒,略比火柴盒小一些,上边的图案也不外是花草飞鸟,当年都是放胭脂的。那一年南京两位女画家杨春华和吴湘云上门来喝茶作画,便翻出来送了她们,看别人喜欢我自己亦喜欢。《红楼梦》中的小丫头调笑宝玉,想不起是哪一位了,说的话就是"我这里的胭脂你不来吃一吃?"我们那地方,把亲嘴叫作"吃老虎",北京叫"哏儿一个","接吻"是洋派的说法,翻译小说的滥觞。

说到胭脂,凡画花鸟的都离不开。好胭脂,调淡了十分娇艳,说不出的那个娇艳。调浓了会厚到没底,一眼不到底的那种艳丽,但还是通透,不是一片死颜色。用胭脂,最好是膏,密封它,不令它干掉,干掉再用水兑胶重新调过,便不好使。去苏州,第一件事就是去找胭脂,姜思序的当然最好。朋友送我一点清代的老胭脂,更好,画萝卜调一点,旁边的草虫一定发呆。过年过节蒸大馒头,馒头上要点梅花点,雪白的馒头,用胭脂一点喜气便出来。过年过节,小孩的额头眉心也要用胭脂点几个点,也煞是好看。在故乡,民间把几乎所有的颜色都叫作"胭脂"。早些年的衣服,颜色旧了就要染,灰的染蓝,蓝的染黑,粉的染红,红的染紫,总让人感觉是新衣服在身。染衣服就要去买染料,若哪位是去买染料,你要是问她:做什么去啊,她会说:去买点胭脂。没有人会说是去买颜料,或是说去买染料。那年去印度,让人眼睛看不过来的就是到处可见的各种一大堆一大堆的颜色,我想看有没有胭脂和洋红,但独独没有这两样,印度那些一堆一堆的颜色不是用来作画和染衣服,而是五花六绿全部下肚子的。也有用丹砂粉来点眉心,赤红无比。

胭脂在古代不便宜。即以唐代的物价而论,当时的一两胭脂值九十文,而上等的沉香才值六十五文。我作画,素喜古法胭脂,清代邹一桂《小山画谱》中载"胭脂"一条:"法用红蓝花、茜草、苏木以滚水挤出,盛碟内,文火烘干,将干即取碟离火,干后再以温水浮出精华而去其渣滓则更妙。初挤不过一二,再挤颜色略差,烘之以调紫色、牙色、嫩叶、苞蒂等用,至点染花头,必用初挤。"

古法上品胭脂膏现在市上已找不到,或有售小干块者,加水兑胶均难如人意。

蜘蛛

不说明代的宣炉,只说当下,还是以陈巧生做的炉为好,我以前经常使用的篆香炉就是他做的,盖子做蛛网状,上边伏着一只蜘蛛。打香印的篆模就只四个字:唯吾知足,这个印模做得很巧,因为这四个字里都有一个"口"字,便把这个"口"字放在了正中,省略了笔画不说,看了还让人觉得颇具巧思。这个炉我现在很少用,主要是没有太多的时间来做灰打篆。比如我现在写这篇文章的时候手边就放着香,用的是那种电热的品香炉,放一点达拉干的沉香碎屑在里边,可以闻很长时间,还没有一点点其他的杂味,若不是做香道表演或喜欢那种情调,其实电热香炉是最好的选择。陈巧生的炉我曾经想过要多买几个,但兴趣一消失,就不再想了。丰子恺先生喜欢收集篆香炉,据他自己说是见了就买,也不知到底买了有多少个,当时丰先生还可以到中药铺去买沉香粉,这真是让人羡慕,现在即使是北京同仁堂本堂的沉香,也没有一点点香气。

因为陈巧生的香炉而忽然说到蜘蛛,不免就说到画蜘蛛,画了多年的蜘蛛,那天突然发现蜘蛛原来是八条腿,而普天下的昆虫大多只六条腿。还是蒹葭衣禾告诉我,蜘蛛不是昆虫,而是节肢动物。从小看蜘蛛,想不到它居然不是昆虫,居然不是蚂蚁苍蝇们的同属,天底下的知识是学不完的。忽然又觉得蜘蛛应该是在水域里横来横去的螃蟹们的远亲,便想找相关的书来看看,却一时又找不到。虽然小时候几乎是喜欢各种可以捉到手的昆虫,但蜘蛛却总不能让人喜欢,也没听说有人会喜欢蜘蛛。到后来读古典小说《西游记》,里边蜘蛛精们住的洞府叫"盘丝洞",觉得这个名字叫得好。蜘蛛是无处不在,忽然间就不知从什么地方爬了出来,或者像空降兵一样从上方直垂下来。如果是极小的那种,民间就把它叫作喜蛛,如果是个头儿极大,说什么都无法让人接受。吴悦石画人物,喜欢在人物的上方画一只蜘蛛,是"喜从天降",画一只蝙蝠便是"福到眼前"。而汉八刀的蜘蛛是什么意思也不能让人知道,汉代玉雕里不但有蜘蛛,还有蚂蚱和螳螂,甚至还有蚕,但未必都有什么含义。市上现在有卖宠物蜘蛛的,放在手上会占满一个巴掌,毛茸茸的。这种蜘蛛有幸在中国被当作宠物,要是在东南亚的泰国或者是越南,等待它们的是被人们用油煎了吃掉。中国人吃蝎子,泰国人吃蜘蛛,让欧美人看了蹙眉不敢近前。这两种东西,一旦装盘荐上,我也会蹙眉。

再说蜘蛛,家大人会用香烟盒里的锡纸做蜘蛛给我们玩,搓个球,再用锡纸搓八条腿,是银闪闪的蜘蛛。及至后来,我也会给我的女儿做这种玩意儿。那天,我看到我的女儿用包巧克力的金箔纸正在给她的儿子做蜘蛛。

在各种虫子里,蜘蛛的打包技术最好,不一会儿就会把落在网上的一只蚂蚱或一只别的什么给打包得严严实实,任你再有本事也逃不脱。虫子们要是进行大选,相信蜘蛛是可以出任纺织部部长的,或者出任空防部部长也可以,如果虫子王国有空防部的话。

蝴蝶飞南园

"蝴蝶飞南园""池塘生春草",这两句古诗,已经记不清楚作者是谁了。原是两首诗里的各一句,但我硬是喜欢把它们当作上下联写在一起,又是蝴蝶,又是池塘,又是南园,又是春草,这两句诗真是清新而绮丽,无端端让人觉得满乾坤都是春天的气息。说到蝴蝶,不喜欢它的人很少。我曾经在潘家园的旧书摊上买到过一本《唐五代词》,竖排本的那种,书的主人在上边用铅笔做了不少批注,而更让我喜欢的是书里夹了不少花花草草和蝴蝶的标本。我想这本书是在其主人不知情的情况下被当作废纸卖了出来。里边的蝴蝶被压在书页里居然没有损坏,蝶翅上闪闪烁烁的宝蓝色真是好看。那年去云南,有蝴蝶标本卖,一时买了许多,枯木蝶虽然是十分的稀有,但不好看,那种宝蓝色的大蝴蝶真是好看。后来在北京的潘家园又看到那种宝蓝色的大蝴蝶,一只已经要到二百多元。说到蝴蝶,是不分南北的,南方有,北方也有,即如我小时候经常去菜地旁边捉那种名叫"白老道"的白蝴蝶,白色的翅子上有两个小黑点,翅膀梢上还会有一点点黄。这种蝴蝶在菜地上飞来飞去令人眼花缭乱。而我小时候独喜在郊外才能看到的那种很小很小的蓝蝴蝶,翅子上有一排黄色的花纹,但这种小蝴蝶总是让人捉不到,又总是在你身边翩翩地飞来飞去。还有就是榆树上的一种大蝴蝶,金红的翅子上有宝蓝色的点子,华丽得不能再华丽,让人真是喜欢,小时候只要见到它就会跟上它跑,不问脚下深浅。

我的第一部长篇小说的书名就叫作《蝴蝶》,出版社为了好卖,又在"蝴蝶"前边加了两个字"乱世"——《乱世蝴蝶》。幼时随家大人去看越剧《梁山伯与祝英台》,看来看去只是唱,让人觉不出什么好,只是看到结尾处梁山伯和祝英台忽然化作两只蝴蝶飞出来才有一点点开心。印象中,蝴蝶总是在飞,不停地飞,而那次去云南,我却遇到一只不肯飞的蝴蝶,它只落在你的手上,你把它挥去,它又落过来,这真是怪事一桩,后来我把它移交给舒婷,舒婷就让它落在她的手上把它带到了车上,后来的故事是舒婷告诉我那只蝴蝶在她的背包上产了许多晶晶莹莹的卵。这是一只急于生产的蝴蝶母亲。

蝴蝶好看,但不易画。画蝴蝶,实实在在是一件让人头疼的事,越漂亮的蝴蝶画出来越假,白石老人也只那种黑色的蛱蝶画得好,一笔,两笔,三笔,四笔即成,而花蝴蝶,白石老人很少画。近百年来,只靖秋女士的蝴蝶画得不俗。靖秋女士是清朝道光帝的曾孙女,溥雪斋的亲妹妹,真正的金枝玉叶。我见她一把扇面,上边落三只蝴蝶,用色勾线果然轻灵可爱。

吾乡有句话,英雄莫问出处。说到蝴蝶也是,蝴蝶虽漂亮,但你莫问蝴蝶之出处,再漂亮的蝴蝶当年都是毛虫,无一例外。所以,我们只说它现在如何漂亮即可,不说它过去是如何地来去。再漂亮的蝴蝶,只是今天漂亮,它的过去,无一不是虫。

草纸帖

　　我这里说的写字,如果不是对外国友人说此话,一般人马上都会明白是在说用毛笔写字。过去比较重视写毛笔字,写好写坏不说,受过教育的人总是摸索过毛笔。因为写字而被用板子打手的感受,我想许多人都曾有过。我从小写字,入手当然会是描红,描来描去便慢慢明白其中横平竖直的规矩。至今我写字还是喜欢用那种最最便宜的毛边纸,首先是因为它淡淡的黄颜色让眼睛很舒服,其次它也便宜,不像连史纸那样容易一写就破。好一点的毛边纸写了正面可以再写反面,这就是练字。但要是想写好,那就得反复练写。小时候去城东的五十里铺,那里就有专门做麻纸的作坊,一面一面的土墙上都贴着不少未干的麻纸,老天这时候最好不要下雨,若是这时候偏偏下起雨来,纸又未干,揭又不好揭,让雨水一淋都会坏掉。好在北方的雨没南方那么多,碰到好太阳,用不了多久就会干了,一张一张揭下来,这种纸的结实是现在的人想象不来的,只要不被水湿,想撕开它还不那么容易。麻纸的作用实在是很多,除了写字还可以裱糊什么的。卖麻纸的店铺不是什么文具店,而是土产商店,可见它真是土产。过年的时候一刀、两刀,或几刀地买回去打仰尘和换窗户纸,雨还淋不坏它。画家用麻纸作画的并不多,但现在要想找几张老麻纸还真不容易。做麻纸的原材料是那种可以长很高的苎麻。苎麻的叶子和麻秆一样黑绿黑绿的,麻籽炒着吃很香。下乡开会,一边喝白开水一边吃炒得很香的麻籽,现在想想,几乎是一种享受。有一种叫声并不那么好听的鸟,俗名腊嘴,小嘴是红的,很好看,专门嗑麻籽。有些鸟本来不吃麻籽,但它们上了火,拉不下屎,便给它们连着喂两天麻籽,让它们拉。

从小写字,所用的笔与墨都是最便宜的那种,笔是"横扫千军",墨是"金不换",这两个牌子我是永远不会忘掉。北京琉璃厂荣宝斋里现在有卖"金不换"墨锭,很贵。刻着"横扫千军"这四个字的笔也有,但笔杆上边的字已经是电脑所刻,一点点味道也没有。红星牌子的宣纸现在也是越来越贵。

从小写字写到现在,总是觉得自己不会写。家大人那时常说的一句话是"再不好好儿写长大去当抄书匠",而现在想想这句话,像是让人不大好理解,字写得不好岂能去当抄书匠?或者可以解释为"你怕写字,长大了就非让你去找一份写字的工作"。但字写得不好会有人给你这份工作吗?古时候抄书是能养家糊口的,《宣和书谱》记:"吴彩鸾,太和中进士文箫妻。箫拙于为生,彩鸾以小楷书《唐韵》一部,市五千钱,为糊口计。钱囊羞涩,复书之。"古时这种专门抄书养家的叫"抄书匠",而专门抄经的却似乎要高一等,叫"经生"。《法苑珠林》卷七十一记:"唐龙朔三年,刘公信妻陈氏母先亡,有一经生将一部新写《法华》,未装潢,向赵师子处质二百钱,此经向直一千钱。陈夫将四百钱赎得,装潢周讫,在家为母供养。"我不知道《唐韵》和《法华经》的字数各是多少,所以很难说哪本书贵哪本书不贵,再说他们也不是一个时代,但在古代抄书能挣钱是不争的事实。

小时候写字,还有一种更为便宜更为粗糙的草纸,纸色简直是一派金黄,除了小孩学写字用它,人们如厕也要用到它。做这种纸用蒲草,有时候人们又会用它来包点心,吃点心的时候有时候会发现点心上沾有蒲草的毛毛,但这不碍事,那时候的人们没有太多的洁癖。

关于知了

古埃及的蜣螂和中国古时的蝉,都是神秘得了不得的昆虫,它们的存在,都像是与人的生死分不开,所以人们要口含或在身上佩戴了它才肯去另一个世界。蝉的俗名要比蜣螂的好听一些,叫"知了",而蜣螂在我们的民间只被叫作"屎壳郎","屎壳郎"这三个字要是让古埃及的人听了肯定会生气,会觉得这是对他们的一种冒犯。真是不知道他们为什么会把屎壳郎当作护身符。屎壳郎也会飞,"吁"的一声飞起来,但好像总是飞不太远,而且它们总是出现在一大摊一大摊的牛粪旁边,不是一只两只,是许多,在牛粪里熙熙攘攘好不热闹,像极民间的赶集。蜣螂的绝活儿是头朝下两条大腿朝后去滚动粪球,纷纷地滚着,纷纷地四散而去。

屎壳郎和知了的最大区别就是有人吃知了,而没人吃屎壳郎。知了不但能吃,还上得席面,请客吃饭上一盘没人会说不对。两个朋友喝酒,来一盘就像吃花生米那样吃起来也不错,但以之下饭好像就不怎么对头,当然你非要拿它配一碗白米饭也不会有人说你不对。有人讨厌知了叫,嫌它吵,我却喜欢,夏日将睡未睡之时,窗外知了密集的叫声让人觉得外边是在下白亮急骤的猛雨。孙膑他的三十六计中有一计就是"金蝉脱壳",至于怎么脱,他没讲。中药店把蝉脱掉的壳叫"蝉蜕",许多的昆虫都要脱壳,只有脱掉一层壳才会变成虫,而唯有知了脱的壳完整,完完整整一个壳伏在树枝上,你远远看还会以为一只蝉待在那里,其实只是一个空壳。蝉蜕可以散风除热,嗓子疼、眼睛看不清的病症往往要用到它。画家画蝉蜕,只用赭石,深深浅浅画出来,颇不难看。

古人认为蝉之生性高洁,在其脱壳成为成虫之前,它一直生活在污泥浊水之中,一旦脱壳化为蝉,飞到高高的树上,据说从此只饮露水,只此一点,令古人十分推崇,并且以蝉的羽化比喻人之重生。如将玉蝉放于死者口中,寓精神不死,可以再生复活。而把蝉佩于身上表示高洁。因此,玉蝉既是生人的佩饰,也是死者的葬玉。玉蝉分三种,一是佩蝉,顶端有对穿;二是冠蝉,用于帽饰无穿眼;三是含蝉,在死人口中压舌,体积较小,不过一寸余长,刀法简单没有穿眼。含蝉佩蝉之风以战国时期为盛,汉之后渐渐式微,汉八刀的玉蝉简洁大气,边缘之锋利,可当刀子使。

蝉的名字很多,鸣蜩、马蜩、鸣蝉、秋蝉、蜘蟟、蚱蟟,而我们民间只叫它"知了",概因为它的叫声是一连串的"知了知了知了知了……"能叫的蝉都是雄性,雌蝉从不开口。昆虫的世界里,寿命最长的蝉是"十七年蝉",记得日本作家岛崎藤村写过关于它的文章,但这种蝉却是只生活在北美洲,它们在地底下整整蛰伏十七年才始出,而后附上树枝蜕皮,然后交配。雄蝉交配后即死去,母蝉于产卵后亦死掉。科学家解释,十七年蝉的这种奇特生活方式,为的是避免天敌的侵害并安全延续种群,因而演化出一个漫长而隐秘的生命周期。

埃及人把屎壳郎当作护身符不知道有什么说法,但肯定的是屎壳郎不会叫,也不会潜伏在地下十七年。它们整日只知道滚动粪球,比不上蝉的高洁。

我一直想找一块玉蝉佩在身上,但一直找不到,碧琉璃的含蝉倒是见过几个,但那毕竟不能佩在身上。再说到蝉,个头儿有大有小,吾乡之西边山上出小蝉,只比蜂子大不了多少,捉一只放在两手中握住,叫声只做"吱吱吱吱",且让人手心发痒,一旦放开,"吱"的一声,转眼不知所终。

红蜻蜓

城里的节日向来像是要比乡下多一些，有些日子虽说不上是什么节日，也竟让人喜欢，比如六月六。这本不算是什么节日，乡下这一天怎么过？鄙人是不得而知，但在城里，一是要晾晒衣物，皮毛棉麻，一起出来见见太阳，二是要吃一顿西葫芦炖羊肉，再差也要包顿西葫芦羊肉馅饺子。这就显出它和其他日子的不同，也竟像了节日。孩子们的开心还在于晚上可以看流萤，白天看蜻蜓。民间所言，六月六，百虫出。吾家旧居紧邻护城河，蜻蜓像是多一些，但多是那种蓝蜻蜓和黑蜻蜓，看到红蜻蜓还是多年以后的事。京华护城河一带，到了夏日的傍晚，红蜻蜓成百上千，什刹海那边也一样。两年前在桂林，塘里的荷花早已开过，只剩下一塘的枯荷，却照样有红蜻蜓飞来飞去，桂林这边的红蜻蜓小一些，飞来飞去格外的红。蜻蜓是昆虫里的飞行高手，可以在空中飞飞停停，一动不动停在半空，然后再飞，这本事别的昆虫没有。蜻蜓的头大，而眼睛更大，水灵灵的，所以鄙乡有称蜻蜓为"水包头"的，想想，真是很形象。小时候喜欢蜻蜓，总是捉不到。记得有一次母亲不知从什么地方给我捉了一只蜻蜓来，兴冲冲地拿给我，现在想想，母亲是怎么小心翼翼地捉到的那只蜻蜓？只此一件事，总让人忘不掉。关于蜻蜓，还记着邻居家王姨有一只玉蜻蜓，但不是汉玉的那种，是首饰，翅膀会动。而真实的蜻蜓不仅翅膀会动，头也会动，蜻蜓的头和身子相连的地方像是有个轴，转着动，样子十分滑稽。

年轻的时候，曾梦想着去做一名昆虫学者，手里是一个捕捉昆虫的漏斗形的网，一边走一边挥动，蝴蝶蜜蜂纷纷落网。及至老大，再没了这种想法，但偶尔一两只蜻蜓飞来，或忽然落于眼前，还有要把它捉住的想法。还有那种叫豆娘的小蜻蜓，宝蓝色的身子，翅膀却是黑的，一旦落下，翅膀就会合拢收在背上，这和蜻蜓大不一样。蜻蜓落下来的时候翅膀不会收拢，只会稍稍向下垂着一点。

说到蜻蜓，其实真没有什么好说，有池塘的地方照例就会有蜻蜓，蚊子多的时候抓一只放在蚊帐里它会把蚊子全部吃掉，这真是比任何的药物都好。龙安堂堂主画家耀炜说："下一回你该写一写蜻蜓了吧？"我就觉得是该写一写。这真是很怪的事情，画了那么多蜻蜓，对蜻蜓以为了如指掌，但翻看昆虫图册，才知道还有全白的蜻蜓。鄙人画蜻蜓，多配以枯荷，不少朋友还屡屡问道荷花枯萎了还会有蜻蜓吗。这就又让我想起了桂林，桂林是个好地方，风光好是自不用说，马肉米粉之好也是别处少有。北京街头也有桂林米粉店，味道可真是差得太远。用陈绶祥老兄的话是："那是米粉吗？那是味精拌面条！"

他有资格说这话,因为他是桂林人。以个人的经验而言,只为去吃一碗马肉米粉,也值得去一趟桂林。当然在漓江上一路坐船还会看到许多的小红蜻蜓。

乡下的炖菜

在上海的旧书店里曾经买到过一本讲怎样做手工折纸的书，其中讲到包括用糖纸和别的什么纸折叠小飞机和小车或纸鹤，这些折纸，在读小学的时候上手工课时都学过。多少年过去，以前会折的东西到现在变成了不会折，这让我想起我母亲年轻的时候会做的贴饼子，到老了反而又不会了。那种玉米面饼子，一个个贴在正在"咕咕嘟嘟"的菜的四周，以前做饭的锅很大，锅里做菜，菜的四周边缘上贴饼子，菜熟了，饼子也熟了。有时候母亲还会做"噗饼"，就是把白面饼子直接放在正在"咕咕嘟嘟"的菜上，比如土豆炖大白豆角，那饼子就直接放在正在"咕嘟"着的土豆和豆角上，再盖上木锅盖，过不了多长时间是菜也熟了"噗饼"也熟了。这是乡下的做法，省柴也节省时间，饭菜一起出锅，一人一碗菜，菜上盖一张"噗饼"，这就是一顿饭，而且可以端着边吃边到处走，或边吃边站在树下吹吹风，或者干脆就去串门子，这是做炖菜的好处，可以把主食同时也一起做出来。而要是炒菜，就不可能同时把主食也做出来，再说乡下也很少炒菜，从食材上讲，乡下常见的土豆、豆角、豆腐、大白菜、胡萝卜和粉条也合适做炖菜。母亲虽然不是乡下人，但过去的城里人吃饭也不会经常动不动就炒那么几个菜，所以，母亲做的菜和当时许多的城里人一样大多还都是炖菜。东北人的炖菜代表作是"宽粉条子炖猪肉"，这是个好菜，以前商店里经常可以买到的那种"把儿粉"——几乎都是宽粉，扎成一把又一把，一次买十把二十把，这是冬天快来的时候，这种扎成把的和宽粉条特别经炖，炖再久也不见会被炖化。粉条是白的，当它在被炖到透亮而且变了色，这个菜就好了。我现在要是吃这个菜一般就不再吃主食，比如再来一个馒头或花卷，或再来一碗米饭什么的。粉条就是碳水，一大碗猪肉炖粉条，三分之一是肉，三分之二是粉条，营养全在里边了，当然我还会来一盘茴子白芹菜沙拉，这就都够了，然后沏壶茶，喝着茶，就到下午了，我中午很少睡午觉，有时候会坐在那里小睡片刻，也就是打个盹。

乡下人多吃炖菜或烩菜，而炖菜与烩菜也真是不难吃。我很怀念当年下乡去吃饭，我下乡的那个镇子的后院有两个食堂，大食堂和小食堂，大食堂是一般人吃饭的地方，而小食堂是镇里的干部们用餐的地方。我至今不知道大食堂那边每天都会有些什么菜，而小食堂这边几乎天天都会有一个大烩菜，当然除了这个大烩菜还有好多别的菜，比如"过油肉"，过油肉是山西的看家菜，炒这个菜可以看出厨子的水平，以这个菜就酒，慢慢吃慢慢喝，不赖。有时候天阴下雨，如果碰上小食堂里没有别的人，那些人都下去了，到下边村子里去吃、去喝、去打麻将、去玩儿一天,我不愿去,我会独自给自己要一盘过油肉,就那么慢慢吃慢慢喝,心里很惆怅,但为什么惆怅?且又说不清,那时候《上海文学》的周介人先生还活着,我以乡镇的事写了几篇小说,他都喜欢,有一篇中篇小说叫作《另一种玩笑》,那是我的生活,其中的一个小人物就是我。

不知为什么,下小雨的天气里我总是很惆怅,也许下小雨的天气里人们都会这样,这我说不清。这样的日子一过就是三年,小食堂里的大烩菜确实很好吃,白菜、豆腐、土豆、粉条都统统烩在一起,这个菜里几乎顿顿还会有那么点黄花,黄花在我待的那个地方又被叫作金针,黄花要赶在太阳还没出来就去采,采晚了花一开就什么都完了,我看了黄花,马上便明白了"黄花姑娘"是什么意思,黄花姑娘必定是指那些花骨朵一样的大闺女,花儿还没开,一旦开了便是"黄花不再"。我经常吃的小食堂的大烩菜里除了白菜豆腐粉条还会有肉,厨子总是喜欢往里边再放些肉,是那种红烧肉,一条一条事先烧好的红烧肉,烩菜的时候把这种长条的红烧肉切切放到锅里去,我对这个很有意见,我认为这个菜应该是全素,不放肉应该更好。

现在想想,镇子里的干部小食堂的大烩菜还真不错,要做出那种味道必定得一做一大锅,如果掰几片白菜叶子,放一个土豆,再放几片豆腐,虽说还是那些东西,但很难做出那种味道,所以说,吃大烩菜要去食堂,食堂才是可以吃到真正大烩菜的地方，而我在那三年里几乎天天都要去的那个小食堂现在据说不在了，被拆了，被开发了，开发成什么样了？谁也不知道。

下小雨的时候，坐在小食堂里一边慢慢吃一边慢慢喝，那时候，还真是可以说是"心事浩茫连广宇"——心里总是充满了说不清的惆怅，惆怅有时候真是一种很美的情绪。